D1517615

LE PREMIER AMOUR
EST TOUJOURS LE DERNIER

Écrivain marocain de langue française, Tahar Ben Jelloun est né en 1944. Il a publié de nombreux romans, recueils de poèmes, essais. Il a obtenu le prix Goncourt en 1987 pour *La Nuit sacrée*, ainsi que le prix international Impac en 2004 pour *Cette aveuglante absence de lumière*, l'une des plus prestigieuses récompenses littéraires.

Tahar ben Jelloun

LE PREMIER AMOUR EST TOUJOURS LE DERNIER

NOUVELLES

Éditions du Seuil

TEXTE INTÉGRAL

ISBN 2-02-030030-3
(ISBN 2-02-023903-5, édition brochée
ISBN 2-02-023933-7, édition de luxe)

© Éditions du Seuil, février 1995 pour la présente édition
et la composition de l'ouvrage
(à l'exception des © signalés p.201)

Sommaire

1

L'amour fou

Cette histoire est une fiction. Je l'ai imaginée un jour que je me trouvais sur la terrasse du Mirage, au-dessus des grottes d'Hercule à Tanger. Mon ami A. m'avait prêté un bungalow pour prendre un peu de repos et éventuellement écrire. Face à l'immense étendue d'une plage où viennent s'échouer des vagues de l'océan Atlantique, dans ce désert de sable et d'écume un palais a été construit en quelques mois. Je ne sais pas à qui il appartient. Les gens disent que c'est la cabine de bain d'un prince lointain amoureux de la mer et du silence de cette région. D'autres l'attribuent à un armateur grec qui, ne supportant plus la mer Méditerranée, a choisi cet endroit pour finir ses jours et surtout pour échapper à la justice de son pays.

Ici la mer est bleue. La mer est verte. Sa chevelure est blanche. En face, la cabine de bain du prince ou de l'armateur a pris les teintes du sable. Ce n'est pas hideux. C'est incongru, comme cette histoire que j'ai inventée un soir en écoutant une chanteuse à la radio.

La rumeur l'a attribuée à une chanteuse ou à une danseuse qui a vraiment existé. Je n'ai pas cherché à vérifier. Les gens adorent raconter et se raconter des histoires. Celle-là en est une parmi d'autres.

Que personne n'aille s'identifier à l'un des personnages. Toute fiction est un vol de la réalité et il lui arrive d'y retourner et de s'y confondre. Un journal du Proche-Orient a parlé dernièrement d'une actrice égyptienne qui aurait disparu. Un autre magazine a suggéré que ladite comédienne aurait tout inventé pour qu'on parle d'elle.

Cette histoire est arrivée il y a quelques années, à l'époque où le pays ouvrait généreusement ses portes à des visiteurs d'un type particulier, des hommes qui se déplaçaient du fin fond du désert d'Arabie pour s'offrir quelques nuits de luxure. Des nuits blanches où les vapeurs d'alcool enrobaient les regards vitreux d'hommes qui avaient l'habitude de caresser leur ventre proéminent ou lissaient leur barbichette clairsemée sur un visage bruni par la lassitude. Ils n'aimaient pas s'asseoir mais laissaient leur corps se lover entre de grands coussins recouverts de satin. Ils dédaignaient les canapés de cuir ; certains posaient leur séant sur le bord puis glissaient jusqu'à se retrouver à même les tapis de laine épaisse. Ils prenaient leurs aises, commandaient sans parler, juste en faisant des signes de la main ou des yeux. Les serviteurs connaissaient le sens de chaque signe, ce n'était pas compliqué : le pouce levé vers la bouche pour demander à boire ; la main ouverte balayant l'espace d'un mouvement bref pour demander aux musiciens de commencer ; le même geste mais en sens contraire pour arrêter la musique ; le doigt tendu en direction des coulisses pour faire entrer les danseuses ; l'œil se tournant vers une porte dérobée pour réclamer la chanteuse, etc.

Quand ils parlaient, ils murmuraient entre eux des choses incompréhensibles. Ils utilisaient un dialecte propre à certaines tribus de bédouins. Ni les serviteurs ni les musiciens ne devaient comprendre. Ils avaient un code à eux. Mais tout le monde sentait, derrière ces mots, l'arrogance, le mépris et un désir d'humiliation gratuit. Les serviteurs exécutaient leur tâche en silence. Ils savaient qu'ils avaient affaire à des gens particuliers. Pour eux c'était un travail comme un autre, sauf que l'exigence de ces bédouins vite enrichis était insupportable. Les verres devaient être remplis tout le temps. Les glaçons devaient être ronds et pas carrés. Certains les voulaient en forme de cœur. Les olives dénoyautées devaient venir d'Espagne, dans des boîtes métalliques. Le fromage devait être importé de France ou, mieux encore, de Hollande. Ils n'aimaient pas le pain traditionnel, ils préféraient les galettes libanaises. Les garçons connaissaient ces caprices et les respectaient.

Aimaient-ils la musique ou seulement le corps des danseuses ? Préféraient-ils par-dessus tout la voix de Sakina ? Sakina était une grande chanteuse. De famille modeste, elle se produisait rarement dans ce genre de soirée. Son père l'accompagnait toujours. Instituteur en retraite, il faisait partie de l'orchestre et jouait de la flûte. Ses solos faisaient pousser des cris de nostalgie à ces hommes vautrés sur les coussins en train de boire le whisky comme si c'était de la citronnade. Ils hurlaient « Allah ! » et « O ma nuit ! O ma vie ! ». Dès que Sakina apparaissait, ils posaient leur verre et lui envoyaient des baisers en soufflant sur la paume de leur main.

Grande, Sakina souffrait d'un léger strabisme, ce qui la rendait plus attirante encore. Sa longue chevelure noire tombait jusqu'aux reins ; elle en jouait un peu quand elle se penchait pour suivre les glissements de la voix. Les caftans qu'elle portait étaient fins et mettaient sa poitrine en valeur. Pudique, elle ne laissait rien voir et ne regardait jamais son public. Quand elle chantait, on eût dit qu'elle partait vers un autre monde, les yeux levés au ciel, les bras tendus vers l'inconnu. Cette attitude séduisait beaucoup les hommes qui payaient cher pour l'écouter. Sa voix rappelait celle d'Ismahane et d'Oum Kalthoum. Elle avait ces deux registres, ce qui en faisait une chanteuse exceptionnelle. Pour elle, c'était un don de Dieu. Croyante, elle faisait ses prières quotidiennes, ne buvait pas d'alcool et se maquillait à peine. Certains l'appelaient Lalla Sakina, comme si elle était porteuse de sainteté. Ses admirateurs appréciaient chez elle cette retenue, cette timidité qui la distinguaient de n'importe quelle autre chanteuse arabe. La presse la respectait. Elle ne défrayait jamais la chronique. On avait peu d'informations sur sa vie privée. On savait qu'elle n'était pas mariée et qu'elle refusait de parler de sa famille ou de ses projets comme font, en général, les stars de la chanson ou de l'écran.

Belle et sereine, Sakina intimidait tous ceux qui essayaient de la séduire, repoussant avec élégance et fermeté leurs avances.

Ce soir-là, elle était habillée de blanc et de bleu. Elle portait peu de bijoux et, comme Oum Kalthoum, tenait à la main droite un foulard blanc. Elle n'avait chanté qu'une seule chanson, *Les Mille et Une Nuits*. Elle avait repris plusieurs fois le même refrain en changeant la voix et le rythme. Les bédouins, déjà ivres, criaient et lui demandaient de reprendre le dernier passage. Elle le faisait avec grâce. La chanson parlait de verres vides, de verres pleins, d'ivresse, d'étoiles descendues sur terre, et de nuits longues, tissées de rêves. Elle permettait aux imaginations d'errer à l'infini.

Les gestes de Sakina étaient rares et mesurés. Son corps bougeait un peu. Mais tout était dans la voix. Tout érotisme laissé à l'imagination, les bédouins ne savaient plus se tenir. Certains criaient comme s'ils jouissaient. Il y avait quelque chose d'indécent et en même temps de provocant. Sakina affichait comme d'habitude une belle indifférence. Elle savait devant qui elle chantait.

La chanson avait duré plus d'une heure. Sakina était fatiguée. Après avoir salué l'assistance, elle s'était retirée dans sa loge où son père l'avait rejointe. Elle se démaquillait lorsqu'on frappa à la porte.

Elle ouvrit. Un des serveurs lui présenta un grand bouquet de fleurs sous cellophane. Elle apercevait à peine la tête de l'homme qui lui dit « De la part du cheikh ». Sakina retint le garçon et lui demanda, sur le ton de la confidence :

— C'est qui ? C'est lequel ?

— Le plus laid et le plus riche... le petit bedonnant avec barbichette. Il paraît qu'il est prince. On dit qu'il est analphabète mais généreux... Ne t'amuse pas à faire la fière. Il est méchant et puissant. Adieu, Lalla Sakina !

Quelques instants plus tard, le même garçon revint.

– Il te demande de le rejoindre au salon. Ne crains rien. Il n'est pas seul. Je pense qu'il veut juste te faire des compliments. Sois raisonnable ! Attention, ce sont des gens capables de tout. Rien ne les arrête. L'argent du pétrole leur donne tous les droits.

En se rendant au salon, elle croisa son père, qui avait l'air fatigué et contrarié. Il lui dit :

– Réfléchis. J'ai confiance en toi. Quel métier ! Que ne faut-il pas faire pour vivre par ces temps de crise !

Sakina portait une robe noire modeste, un petit collier de fausses perles. Elle s'avança et esquissa une sorte de révérence pour saluer le cheikh entouré de sa suite et de ses amis. Dans une main un grand verre de whisky, dans l'autre un chapelet. Sans bouger il fit signe à Sakina de s'approcher et lui dit :

– Tu chantes bien, ma fille. Ta voix me donne des frissons. J'ai besoin de l'entendre souvent et surtout de te regarder chanter.

– Merci, Seigneur ! Je suis flattée. Si vous permettez, je vais me retirer.

– Non ! Je ne vous permets pas. (Puis il éclata de rire.) Ce que j'ai à vous dire est important. Ne soyez pas pressée. Nous avons toute la nuit pour en parler. Buvez un verre, un jus d'orange ou un Coca.

– Non merci. Je dois rentrer. Mon père m'attend.

– Ton père est déjà parti. Il a suffi de quelques billets pour qu'il s'en aille. Enfin, tu ne vas pas gâcher la soirée du cheikh ! Viens près de moi. Je voudrais murmurer dans ta petite oreille ce que j'ai à te dire.

Une main la poussa doucement jusqu'à ce qu'elle tombe près du cheikh qui lui prit la main, la tira vers lui et, tout en caressant sa taille, lui murmura à l'oreille :

– Tu seras ma femme, ma petite fille…

Elle se leva et cria :

– Vous n'avez pas honte, vieux porc ? Vous croyez tout acheter, les biens, les corps, les carrières, les dignités… Mais vous êtes horrible ! Vous avez l'œil vitreux et la panse pleine de péchés. Vous avez pris l'habitude de venir dans ce pays violer nos ventres vierges et vous repartez dans votre désert la tête pleine de musique et de cris. Là vous voulez consommer en toute légalité, vous voulez emporter de la chair fraîche dans vos bagages. Je vous dis non et je vous méprise. Je crache sur vous et sur votre fortune pourrie !

Elle cracha effectivement et s'en alla. Deux hommes, des gardes du corps probablement, tentèrent de la retenir de force, mais elle se débattit ; le cheikh, impassible, fit un geste de l'index pour qu'on la laisse partir. Des hommes de son entourage se prosternèrent pour s'excuser à la place de l'effrontée. Le cheikh éclata de rire et fit signe qu'on lui remplît son verre. Trois jeunes femmes pulpeuses accoururent et l'entourèrent. Trois danseuses peu vêtues. Il passa ses mains sur leurs poitrines abondantes. Le cheikh semblait heureux, comme s'il avait déjà oublié l'incident, même si un tel refus ne lui avait jamais été opposé. Au fond de lui-même, il devait avoir mal. Il n'avait pas l'habitude d'être insulté, ni en privé, ni en public. Dans son pays on aurait coupé la langue à l'effrontée. Ici, malgré tous les discours de bienvenue, il ne se sentait pas chez lui. Il passa la nuit avec les trois danseuses, qui au fond le méprisaient et ne pensaient qu'à l'argent qu'elles pourraient lui soutirer. Il le savait et leur demandait de le masser avec la plante des pieds. A tour de rôle, elles marchèrent sur lui pendant qu'il poussait des gémissements de plaisir. Il s'endormit. Les trois femmes ne savaient pas à qui s'adresser pour se faire payer. Un homme vint les chasser en les insultant. Elles eurent peur et partirent en lui souhaitant des douleurs longues et atroces et une mort prochaine.

Le lendemain, le cheikh et sa suite quittèrent le pays à bord de son jet personnel. Durant le vol il ne dit pas un mot. Son entourage était inquiet. Il demanda une carte du monde. Il chercha le pays qu'il venait de quitter, prit un stylo-feutre rouge et barra le pays d'une croix. Les hommes se regardèrent. Le pays et ses plaisirs étaient rayés de la carte. Il ne fallait plus prononcer son nom dans son palais, ni manger sa cuisine, ni écouter sa musique. Une condamnation à disparaître. C'était cela sa volonté et son verdict. Jamais personne n'avait osé humilier cet homme, si puissant, si généreux. Il ne ferait même pas part aux autorités de l'incident. Cela voudrait dire qu'il chercherait à se réconcilier. Aucune excuse ne pouvait effacer le mal que la chanteuse lui avait fait.

Fière d'elle, Sakina décida de ne plus chanter dans des maisons privées. Elle avait raconté à son père ce qui s'était passé au palais du cheikh et avait eu quelques mots très durs à son égard. Le père était très gêné. Il avait bredouillé une excuse du genre «Je ne savais pas... J'aurais dû rester avec toi...».

Le temps passa et on oublia l'incident du palais. Sakina partit à Londres enregistrer un disque composé de ses meilleures chansons. La première fois, son père l'accompagna et se montra très attentif. La deuxième fois, ce fut sa mère qui voyagea avec elle. Les séances d'enregistrement durèrent presque un mois. Elle en profita pour visiter Londres et rencontrer des compatriotes étudiants ou travailleurs. Le consulat de son pays organisa un cocktail en son honneur. Des musiciens arabes et anglais vinrent la saluer. La BBC l'invita à une émission où elle chanta sans orchestre. Les gens découvraient la puissance et la beauté de sa voix. La presse écrivit de belles choses sur elle. Sakina était heureuse. Il lui manquait juste un homme à aimer. Le hasard ne tarda pas à le lui présenter.

Il s'appelait Fawaz, beau, élégant, jeune, cultivé et très discret. Ses parents avaient fui la guerre civile du Liban et s'étaient installés à Londres où ils avaient repris leurs affaires. Fawaz avait quatre ans de plus que Sakina et tomba amoureux fou d'abord de sa voix, ensuite de son visage. Il la vit pour la première fois au cocktail du consulat. Il l'observa toute la soirée et, avant de partir, il demanda à son ami le consul général de la lui présenter. Il y avait chez lui quelque chose du gentleman anglais : il lui fit le baisemain, salua sa mère en esquissant une révérence, eut des mots très fins pour évoquer la beauté de sa voix. Fawaz était ainsi, bien élevé, galant et d'une grande élégance morale et physique. Il parlait plusieurs langues, préférait la musique classique et la littérature à la vidéo et à la boisson. Homme très occupé, il pria cependant Sakina de l'accompagner au vernissage d'une exposition sur les impressionnistes. Sakina se rendit compte qu'il connaissait beaucoup de monde. Les gens le saluaient respectueusement, certains le prenaient à part pour lui parler affaires. Il s'excusait tout le temps auprès d'elle. Elle était ravie de découvrir Manet, Renoir… et heureuse d'être en si bonne compagnie. Quelques jours plus tard il demanda à la mère de Sakina s'il pouvait se permettre d'inviter sa fille à dîner. Sakina n'était pas libre mais lui proposa de sortir avec lui à la fin de la semaine, quand elle aurait terminé son enregistrement. Entre-temps, il mit à sa disposition une voiture avec chauffeur anglais pour le cas où elle aimerait faire du tourisme ou visiter les grands magasins. Tout était parfait. Trop parfait peut-être. Il est rare de rencontrer un homme si distingué, si prévenant et si courtois. Le soir du dîner, Fawaz se montra impatient et d'humeur étrange. Sakina lui demanda si tout allait bien. Il répondit qu'il était triste parce qu'il sentait que la fin de leur visite était proche. Effectivement, Sakina n'avait plus rien à faire à Londres et s'apprêtait à rentrer chez elle. Fawaz lui prit les mains et les porta à ses lèvres. Il lui dit : « Je suis triste parce que vous devez partir. J'ai eu la folie de m'habituer à votre visage, à votre sourire, à votre présence, si sereine, si belle, si douce. Je pense à vous, je ferme les yeux et je vous vois encore plus belle, plus proche mais toujours inaccessible. Votre voix me transporte vers l'enfance, vers cette innocence qui reste encore présente dans votre regard. Je vous parle en baissant les yeux, car je suis gêné, je voudrais tellement vous dire les choses pures qui sont dans mon cœur, les sentiments profonds qui me ramènent à la vie. Mais votre silence me fait peur. Vous ai-je importunée ? Excusez ce débordement, qui a été plus fort que moi. Je suis un homme seul. Je travaille beaucoup et n'ai qu'un rêve, celui de rencontrer une femme qui aurait vos yeux, votre voix, votre beauté et aussi votre bonté. Je rêve et je vous livre mon utopie. Je vous sais femme de bien, réservée, très distinguée, et une artiste exceptionnelle. Je serais heureux si mes sentiments trouvaient un écho, même un petit écho, chez vous. Je ne vous demande rien. Juste de croire à mes émotions, de les observer et de leur faire une petite place dans votre cœur, dans votre vie. Ne répondez pas tout de suite. Je souhaiterais que mes mots aient le temps de faire leur chemin. Dès que je vous ai vue, j'ai su que ma vie allait être bouleversée. J'aurais dû prendre mes distances et regarder ailleurs, me plonger dans mes affaires, dans les chiffres, dans les contrats, des choses aussi éloignées que possible de l'amour. Mais j'ai cédé. Est-ce ma faute ? J'ai cru voir en vos yeux une toute petite complicité. Mon pays est détruit. Je n'ai plus envie d'y retourner. Je suis à la recherche d'une patrie d'adoption. L'Angleterre est une terre d'élection pour le travail ; votre pays est beau. Pour moi, c'est le Liban moins l'angoisse, c'est le Liban plus la générosité. Votre pays pourrait devenir le mien si vos sentiments à mon égard me l'autorisaient. Mon destin est entre vos mains. Ne dites rien. Pas tout de suite. Laissez-moi terminer. Car mes intentions sont sérieuses. J'ai vingt-huit ans, une excellente situation, et je voudrais fonder une famille. Notre religion ne dit-elle pas qu'un homme n'est un homme que lorsqu'il fonde une famille dans le respect de la morale et de la vertu ? Je suis un bon musulman. Je crois en Dieu et en son prophète. Je ne pratique pas avec constance, mais mon cœur est musulman. Il m'arrive de mentir, bien sûr, des petits mensonges nécessaires à la bonne conduite des affaires, c'est la règle, car si vous dites toujours la vérité vous ne réaliserez rien. J'aime les enfants. Mais cela n'est pas un défaut. J'aime le sport. J'ai une passion pour le football. Durant un match il ne faut pas me déranger. Mon autre défaut est de taille et, si vous l'acceptiez, il n'y aurait pas d'obstacle à franchir : j'ai la folie de vous aimer. J'ai bien réfléchi, j'ai bien mesuré et pesé mes mots, je suis amoureux de vous et je sens au plus profond de moi-même que c'est pour la vie, pour toujours. Je ne vous demande pas de me croire sur-le-champ. Je vous laisse partir chez vous et quand vous aurez réfléchi, beaucoup pensé, faites-moi signe et j'arriverai. Tout dépend de vous, à présent. Je suis un homme simple et discret. Passons par l'épreuve de l'absence. Si cette absence est trop dure, brisons-la et revoyons-nous. Seul le temps pourra être le témoin de mes sentiments. A présent, je vous prie de m'excuser. J'ai parlé seul. J'ai trop parlé. Je me sens un peu léger. Je dormirai bien cette nuit, car cela fait trente nuits que je dors mal. Je pensais à vous et l'envie de vous voir devenait si forte qu'elle empêchait tout sommeil. Telle est ma déclaration. Elle est romantique mais vraie. Je vous promets que durant l'absence je n'écouterai aucune de vos chansons pour ne pas influencer l'évolution de mes sentiments. J'attendrai. J'attends déjà. Un mot. Une phrase, une lettre, même courte, mais ne me laissez pas sans nouvelles... »

Il déposa un baiser léger sur ses mains et se leva pour la raccompagner. Sakina était émue. Elle eut envie de pleurer, mais se retint. Elle n'avait jamais entendu une si belle déclaration. Elle se demandait si des hommes arabes étaient capables de tant de délicatesse. Elle croyait que cela n'existait que dans les romans-photos ou les films mélodramatiques. En arrivant à son hôtel, Fawaz descendit de voiture et lui baisa la main en lui demandant s'il pouvait se permettre de venir le lendemain l'accompagner à l'aéroport. Elle lui dit que la maison de disques se chargeait de cette corvée et qu'elle n'aimait pas les adieux dans une gare ou un aéroport. Il lui donna sa carte en y ajoutant son numéro de téléphone personnel et son adresse. « Avec ce numéro, je suis joignable partout et tout le temps ! »

Elle ne dormit pas de la nuit. Elle réentendait des phrases entières de Fawaz dites avec sa voix tendre. Le visage ému de celui-ci réapparaissait. Elle était conquise et aurait aimé être dans ses bras, la tête posée sur son épaule, comme dans un film d'amour, marcher en lui tenant la main dans les rues de Londres, sous le crachin et dans le brouillard. Elle aimait les clichés et les gardait pour ses moments de solitude. Avait-elle du désir pour cet homme ? Elle rêvait de son torse nu, de ses muscles, de ses doigts dans ses cheveux, elle laissait son imagination dévêtir son amoureux et n'osait pas s'imaginer faisant l'amour avec lui. Elle effleura ses seins. Ils étaient durs et gonflés de désir. Elle se leva, prit une douche et mit de l'ordre dans ses valises. Elle eut un moment envie d'appeler le numéro personnel et confidentiel puis se ressaisit.

En arrivant chez elle, elle trouva un superbe bouquet de roses avec juste ce mot : *Des roses pour vous souhaiter un bon retour à la maison. F.*

Sakina menait une vie calme et simple. Elle vivait avec ses parents dans un petit appartement au centre-ville où régnait une agitation bruyante jour et nuit. Elle s'était habituée à dormir en se bouchant les oreilles avec des boules en cire et préférait lire plutôt qu'écouter de la musique. Elle aimait les romans de Guy des Cars, comme la plupart des filles de sa génération. (Elle y trouvait de la vie arrangée par le roman et, tout en reconnaissant que ce n'était pas de la grande littérature, tenait à ne pas rater le dernier livre de cet auteur.) Son père essayait souvent de lui faire lire des romans classiques mais n'y arrivait pas. Elle vivait dans une bulle avec ses rêves de petite fille romantique. En même temps, elle détestait le faste, le gaspillage et le luxe tapageur des émirs du Golfe qui fréquentaient le pays depuis que Beyrouth, ravagée par la guerre, ne pouvait plus les accueillir. En bonne musulmane, elle trouvait que ces « gens-là » étaient pervertis par l'argent, le vice, et par la complaisance de ceux qui profitaient de leurs largesses. C'est son père qui avait insisté pour qu'elle se produisît devant l'émir. On lui avait assuré que tout se passerait correctement. Mais, à présent, cette histoire était oubliée, une nouvelle espérance se pointait à l'horizon pour la petite chanteuse à la voix d'or, digne de succéder à Oum Kalthoum. En tout cas, c'était l'avis de M. Achrami, son professeur de chant et un ancien de l'orchestre d'Oum Kalthoum, qui avait proposé de la faire travailler. Le vieux Achrami était un petit homme sec et élégant. Il portait des lunettes et un tarbouche rouge et la faisait rire en lui racontant des blagues égyptiennes. Il lui avait aussi déconseillé de chanter chez les émirs en lui citant un dicton marocain : « Que comprend l'âne au gingembre ? » Cette antipathie pour les gens du Golfe était quasi générale. Seuls ceux qui faisaient des affaires avec eux ou profitaient de leurs moments d'égarement se taisaient quand on parlait d'eux. Ils ne faisaient pas leur éloge mais s'éclipsaient pour ne pas avoir à les critiquer ou à les défendre.

La chambre de Sakina était tapissée de portraits de ses chanteurs et chanteuses préférés : Oum Kalthoum, évidemment, Mohamed Abdel Wahab, qu'elle avait réussi à rencontrer grâce à M. Achrami, Fayrouz, Ismahane, la belle, la sublime Ismahane au regard clair et énigmatique, morte jeune dans un accident de voiture, Abdel Halim Hafez, sur une de ses dernières photos qui le montre amaigri par la maladie, Edith Piaf, Maria Callas, puis un couple de chanteurs italiens. Elle épingla une photo Polaroid où Fawaz se penche vers elle comme s'il lui expliquait quelque chose, une photo prise dans la rue par un Pakistanais. Elle colla dessus, en biais, une fleur séchée et passa un long moment à rêver. Elle se voyait enlevée par le beau prince charmant qui lui murmurait des mots d'amour à l'oreille. Elle se voyait rire et pleurer en même temps. La vie était un rêve et le rêve ne faisait qu'imiter la vie. Elle n'avait aucun mal à confondre la fiction et la vie et à croire à l'amour salvateur. Elle faisait de grands progrès dans son travail avec M. Achrami. Sa voix prenait de l'ampleur. Elle savait la poser et changer de registre au bon moment. Avant c'était naturel. Maintenant elle connaissait mieux les différentes tonalités et les maîtrisait bien. Elle était devenue une professionnelle. Le disque enregistré à Londres était sorti. Elle reçut plusieurs lettres d'admirateurs. La plus fine, la plus intelligente, était signée Fawaz : *Votre voix, tel un rêve dans le rêve, nous emmène au-delà des rives de la passion et de la félicité. Je n'ai pas pu résister ; j'avoue vous avoir longuement écouté. Pardonnez cette défaillance, mais notre pacte tient. A bientôt. F.*

Elle se confia à sa mère, qui lui dit : « Ma fille, tu es grande ; mais la vie m'a appris une chose, une seule, c'est la méfiance. Les hommes sont incapables de sincérité. Ils sont lâches et pour arriver à leur but ils peuvent te promettre la lune et même faire descendre les étoiles pour t'épater, pour que tu tombes. Après, ils sont vite rassasiés. Ils regardent ailleurs. Avec ton père c'était différent. Nous étions cousins promis l'un à l'autre selon la tradition. Il m'épousa et sortait souvent le soir avec ses amis. Quand il s'est fatigué de cette vie de débauche, il est revenu à moi en me suppliant de lui pardonner. L'amour est beau dans les livres, sur des images, au cinéma. L'amour, le vrai, celui qui compte, c'est celui de la vie quotidienne ; celui-là, on n'en parle jamais parce qu'il n'est pas facile à représenter. Si ton homme t'aime en dehors des dîners en tête à tête, s'il a les mêmes attentions un jour de semaine qu'un soir de fête, alors c'est de l'amour. Mais comment le savoir avant ? Je ne connais pas bien cet homme du Liban. Apparemment, c'est quelqu'un de bien élevé. Ses intentions sont sérieuses. Mais où serait votre foyer ? Ici, à Londres, à Beyrouth ? Réfléchis bien et surtout pense à ta voix, pense à ton travail. Les Arabes n'aiment pas que leur fille ou leur

sœur soient chanteuses. Pour eux, c'est un métier qui
n'est pas loin de la prostitution. Es-tu sûre que Fawaz
ne t'empêchera pas de continuer à chanter ? Les
hommes non seulement sont lâches mais jaloux. Ils
ne supportent pas que leur épouse puisse apparaître,
réussir, être plus connue qu'eux. C'est comme ça.
Peut-être le gentleman, à force de fréquenter les
Anglais, s'est-il débarrassé de ce carcan traditionnel
arabe ; peut-être est-il devenu un homme civilisé, res-
pectant la femme, ses droits, ses désirs et ses passions.
Ce serait un héros ! Peut-être ma fille a-t-elle rencontré un héros… L'avenir nous le dira. »

Le temps passa et Sakina se mit à vivre dans le souvenir des choses rêvées. Certaines étaient très belles et
énigmatiques, d'autres banales. Elle confondait à dessein le réel avec l'imaginaire. Elle se disait amoureuse
sans réussir à se projeter dans le futur et à se voir vieillir
auprès de Fawaz. Quelque chose de profond empêchait
l'apparition de cette image de bonheur et de paix. Elle
s'en voulait d'y penser tout le temps et attendait une
lettre ou un appel de Fawaz. Elle imaginait le pire.
Elle le voyait en train de faire le même discours à
d'autres femmes, ou bien encore indifférent, vulgaire,
méchant, méconnaissable. Non. Ce n'était pas possible. Pourquoi noircir à dessein une image ? Pourquoi
démolir une espérance ? Par méfiance ? Pour faire
l'apprentissage de la désillusion ? Sa mère l'avait mise
en garde, plus par principe qu'en connaissance de
cause. C'était un conseil, une précaution, valable partout et tout le temps. Les femmes arabes ne se méfie-
ront jamais assez. Elles ont tellement subi de violences
et d'injustices qu'elles sont devenues impitoyables,

cruelles et brutales. Pas toutes. Mais la mère de Sakina voulait que sa fille soit forte, sans illusion et même un peu cruelle. Sakina était une artiste aimant l'amour comme une adolescente, cherchant un reflet de la vie dans des romans pour midinettes, et préférait vivre dans le rêve plutôt que dans la réalité. Il faut dire que cette réalité était bien mince. Une petite vie ponctuée d'événements exceptionnels, de fêtes familiales où elle était surtout sollicitée pour chanter. On la destinait à son cousin germain, un jeune homme prétentieux qui préférait jouer aux cartes qu'écouter de la musique. Il y avait eu entre eux un flirt qui avait duré un été, puis plus rien. Des rencontres furtives, des regards échangés, quelques sourires, des compliments, des roses, des flacons de parfum, des cadeaux, et pas mal de nuits sans sommeil en étant simplement amoureuse de l'amour.

A son retour de Londres, son vieux professeur de chant lui rendit visite. Il la félicita pour le disque enregistré et évoqua devant elle l'incident du palais. Elle confirma ce qu'il savait et lui demanda son avis.

– Ma fille, je connais un peu ces gens-là. Ils nourrissent à l'égard de la planète entière un mépris magistral. L'argent est leur religion, leur puissance est aussi leur faiblesse. Les vrais princes, les émirs authentiques ne sont pas comme cela, d'ailleurs, ils ne se produisent jamais en public. Ce sont souvent des pseudo-émirs, des cousins éloignés, des fonctionnaires du palais qui se font passer à l'étranger pour des gens haut placés. Cela dit, j'admire ton courage. Tu as eu une excellente réaction. Tu as vengé des centaines de femmes qui ont subi leur arrogance. Remarque, certaines aiment ça. Il ne faut pas croire qu'elles sont toutes des victimes. Ton affaire a fait du bruit. Tu n'étais pas là. Je crois qu'on en a parlé même à Londres. Méfie-toi. Fais attention à toi. Travaille et continue ton chemin.

– Me méfier de quoi, de qui?

– Je te dis cela pour l'avenir. Ne te mets jamais sur leur route. C'est tout. Tu es une chanteuse à l'âme pure, et c'est rare dans ce métier.

A Londres, Fawaz était très occupé. Il fit plusieurs voyages au Proche-Orient et ses affaires étaient florissantes. Entre deux absences, il trouvait le temps d'appeler Sakina et de lui dire des choses tendres. Il avait l'art de la parole, un talent quasi naturel pour trouver les mots justes. Comment, se disait Sakina, ne pas succomber à son charme? Aucune femme ne lui résisterait. En se disant cela, elle éprouvait comme un petit malaise, une crainte que Fawaz ne soit qu'un homme qui séduit puis abandonne, un don Juan, un collectionneur de femmes. Elle eut envie d'en savoir plus sur lui, sur son passé, sur sa vie. Mais à qui s'adresser? Qui pouvait la renseigner sérieusement? Le consul chez qui elle l'avait rencontré? Elle ne le connaissait pas assez pour lui téléphoner et lui poser des questions personnelles. Elle pensa partir à l'improviste à Londres et le surprendre à son hôtel. C'était risqué. Et puis, pensait-elle, de quel droit irais-je lui demander des comptes? Elle appela son hôtel, non pour lui parler (pour cela elle avait son numéro direct), mais juste pour savoir s'il était rentré. Elle essaya d'apaiser sa curiosité, puis abandonna. Comme par hasard, c'est à ce moment-là qu'il téléphona pour s'inviter deux jours en vue de faire la connaissance de ses parents. Tout se passa très vite. Elle eut à peine le temps de se préparer et d'arranger le petit appartement où la famille devait le recevoir. La mère refusa d'embellir le salon. Elle dit à sa fille : « Nous n'avons rien à cacher. Nous sommes des gens modestes et je préfère qu'il nous découvre dans notre modestie. A quoi bon montrer un visage fardé, à quoi bon mentir, dissimuler ce que nous sommes ? S'il est sérieux, si ses intentions sont sincères, il faut qu'il sache à qui il a affaire : des gens pauvres à qui la vie n'a pas été facile. Ton père n'est pas un homme d'affaires. Tes chansons rapportent un peu, mais, avec la piraterie dans les pays arabes, tes droits d'auteur seront toujours modestes. C'est ainsi. Il faut être vrai. Passé les doux instants de l'amour fou, il faut revenir à la vie de tous les jours. C'est cette vie-là que j'ai envie de lui montrer, avec courtoisie, avec fermeté. » Le père voulut mettre son costume sombre en prétextant que c'était un grand jour. Il en fut empêché. La maison était propre. Les chemises repassées. La robe de Sakina, simple et discrète. La mère ne dissimula pas son aspect sévère. Fawaz arriva vêtu d'un superbe costume bleu marine. Il apporta des cadeaux à tout le monde ; une flûte pour le père, une montre pour la mère, un petit ordinateur pour le frère, un lecteur laser pour la petite sœur, et pour Sakina, une bague sertie de diamants. La mère eut envie de refuser les cadeaux ; elle fut prise de tristesse et eut les larmes aux yeux. Le père était ému et content. Sakina ne savait si elle devait accepter ou refuser la bague. Elle regarda sa mère, qui lui fit signe de ne rien dire. Elle posa la bague sur la table

en face d'elle et l'observa fixement. Des larmes coulè-
rent de ses yeux. Des larmes heureuses, des larmes
d'inquiétude. Pour une fois, Fawaz ne dit rien. Il
sentit une gêne, une légère tension. Il s'excusa de les
avoir dérangés et se leva pour partir. Le père le retint.
Ce fut à ce moment-là qu'il fit sa demande officielle.
Le père répondit que c'était à Sakina d'accepter ou
de refuser. La mère apporta du thé et des gâteaux.
En bons musulmans, ils levèrent les mains jointes et
récitèrent la première sourate du Coran. Ils se saluè-
rent. Fawaz parla de ses parents avec émotion. Sa
mère était morte depuis longtemps. Son père vivait
mal depuis la mort de sa femme. Fawaz laissa entendre
qu'il n'avait plus sa tête. Il eut un moment de tristesse. On décida de célébrer le mariage avant l'été.
Fawaz partit retrouver ses affaires et Sakina se mit
à préparer son trousseau. Le doute et l'inquiétude
ne rôdaient plus autour d'elle. La vie était belle. Tout
lui souriait. Elle travaillait avec enthousiasme. Elle
reçut des propositions de compositeurs égyptiens. La
télévision lui consacra une soirée entière. Sakina était
en train de devenir une étoile de la grande chanson
arabe.

Le mariage eut lieu comme prévu la dernière
semaine de mai. On invita juste la famille et quelques
amis. Ce fut une petite fête sans trop de bruit. Pendant
la nuit de noces, les deux mariés étaient tellement
fatigués qu'ils ne firent pas l'amour. Ils s'embrassèrent
tendrement et, le lendemain, ils s'envolèrent pour
Rome et Venise fêter leur lune de miel.

Le miel était amer. Fawaz était devenu très nerveux et irritable. En arrivant à l'hôtel, à Rome, il réclama une chambre avec deux lits séparés. Il dit qu'il ne pouvait dormir qu'en étant seul. Il téléphonait souvent, parlait plusieurs langues. Au dîner, il eut un geste maladroit et renversa son verre de Coca sur sa veste. Il se mit en colère et rendit Sakina responsable. Elle pleura, se leva et monta dans la chambre. Quand il la rejoignit, elle fit semblant de dormir. Il fuma plusieurs cigarettes, regarda la télé jusqu'à une heure très avancée de la nuit. Sakina commençait à se poser des questions sur sa sexualité. Elle ne comprenait pas pourquoi il ne la caressait pas, ni ne lui faisait l'amour. Durant la nuit, pendant qu'il dormait, elle s'approcha de lui et se mit à le caresser. Quand sa main s'approcha de son ventre, il sursauta et dit que son médecin lui avait interdit toute relation sexuelle pendant deux semaines à cause d'un virus hépatique transmissible qu'il était en train de soigner. Elle chercha dans la salle de bains des médicaments et ne trouva qu'un flacon de paracétamol et une boîte d'Aspégic. Il lui dit que le médicament n'était pas en vente dans les pharmacies et qu'il consistait en des piqûres d'interféron que son médecin lui avait déjà administrées.

Elle jugea la chose plausible. Mais combien de temps allait-elle rester vierge ? Elle ne connaissait de l'amour physique que des descriptions romanesques. Quand elle flirtait avec son cousin, il lui était arrivé de prendre entre ses mains son pénis et même de l'embrasser. Son cousin lui caressait la poitrine, elle ne le laissait pas mettre sa main sur son sexe. Elle serrait les cuisses et refusait énergiquement la moindre caresse. Elle avait lu qu'une jeune fille pouvait perdre sa virginité avec juste une pénétration du majeur. A présent, sa virginité était disponible, ses cuisses desserrées, son sexe ouvert, mais l'homme qu'elle aimait dormait profondément et même ronflait. Elle retira sa bague et l'admira à la lumière de la salle de bains. Et si les pierres étaient fausses? Et si tout était faux? L'homme n'étant pas un homme, le mariage n'étant qu'un simulacre de mariage, la lune de miel n'étant qu'un rêve mal écrit, un rêve détourné par un époux ayant changé de visage? Tout cela était troublant, inquiétant... très inquiétant. A l'instant même où elle broyait du noir, où des larmes coulaient toutes seules sur son visage, où elle se sentait laide et inutile, flouée et abandonnée, Fawaz la prit dans ses bras et la couvrit de baisers. Il lui dit que ce mariage était pour lui la réalisation d'un rêve trop puissant et qu'il était fortement perturbé par cet événement. Il se montra affectueux, lui dit des mots gracieux comme: «Tes yeux sont si beaux qu'ils font descendre les oiseaux du ciel», «C'est un péché que de les laisser verser des larmes», «Sois patiente, le rêve n'a pas encore commencé»... Sakina était un peu rassurée. Ils dînèrent dans un restaurant donnant sur la place San Marco. Il se conduisit en amoureux attentif. Il ne se séparait jamais de son téléphone portable. Au milieu du dîner, celui-ci sonna. Fawaz redevint sérieux, se leva et sortit du restaurant pour parler. Sakina regarda autour d'elle. Un vieux couple d'Anglais dînait tranquillement sans se dire un mot. Ils étaient sympathiques. Elle se disait: C'est cela vieillir ensemble, on n'a plus besoin de se parler, plus besoin de tout expliquer, un regard suffit. Ils sont beaux. Arriverai-je un jour à cet état ?... Le garçon qui la servait était très vieux. Il marchait avec difficulté. Ses mains tremblaient. Ce devait être le plus vieux garçon d'Italie. C'était peut-être le patron. Il vint vers elle et lui dit « Vous êtes belle, mademoiselle ! » puis s'en alla ailleurs. Une vieille femme mangeait seule, tout en lisant un roman policier. Le restaurant était décoré de photos de vedettes du cinéma, de la chanson et du sport qui posaient à côté du patron. Certains acteurs avaient dédicacé leur portrait au patron. Elle se disait qu'un jour viendrait où elle aurait sa photo à côté de ces stars. Fawaz revint, l'humeur changée, le visage défait :

— Je dois être demain à Dyar. C'est très urgent. Une affaire qui risque de mal tourner. Quand j'étais dans ton pays, un de mes adjoints a commis une faute. Il faut que j'aille voir ce qui se passe. C'est une affaire de plusieurs millions. Je suis désolé de gâcher ainsi notre lune de miel. Je te propose que nous allions ensemble à Rome ; tu visiteras la ville et on se retrouvera à la fin de la semaine. Ou bien tu vas à Londres voir ta maison de disques...

— Non, je viens avec toi. Je ne te quitterai plus. Tes problèmes sont mes problèmes. Mes succès seront aussi les tiens. Je t'aime et je ne veux pas te laisser seul. On se connaît peu. On n'a même pas eu le temps de s'ennuyer ensemble, de se disputer.

Fawaz rit et la serra dans ses bras en lui disant :

— Tu es une femme exceptionnelle. J'ai besoin de ton soutien, de te savoir avec moi, complice et aimante. Il est merveilleux, notre amour !

La nuit, ils dormirent serrés l'un contre l'autre. Elle sentait l'érection de son époux mais respectait son obligation d'abstinence. Elle lui proposa de faire l'amour avec un préservatif. Il refusa en lui citant un dicton brésilien : « Faire l'amour avec un préservatif, c'est comme manger un bonbon avec son papier ! » Elle éclata de rire et caressa le visage de Fawaz, qui se laissa faire.

A l'aéroport de Dyar, une limousine noire aux vitres fumées les attendait près de la passerelle de l'avion. Le chauffeur ressemblait à Saddam Hussein, même moustache, même corpulence, même allure sévère. Sans dire un mot il s'empara de l'attaché-case de Fawaz et ouvrit les portières. Il faisait très chaud. La voiture était climatisée. Pas un mot ne fut échangé dans cette voiture. Sakina essaya de se rapprocher de son mari et de lui prendre la main. Du regard il lui intima l'ordre de rester à sa place. Elle ne bougea pas. Elle regardait la ville. Des autoroutes, des immeubles et pas de passants. Quelques travailleurs yéménites ou pakistanais transportaient des sacs de ciment. Ils avançaient péniblement. Il faisait plus de 45° à l'ombre.

La voiture s'engouffra dans un palais. Sakina demanda pourquoi ils n'allaient pas d'abord à l'hôtel. Il lui fit signe de ne pas parler. Il tira de sa poche un chapelet et l'égrena nerveusement. Elle pensa que l'affaire en question devait être grave. Au moment où la voiture commençait à ralentir, Fawaz serra très fort la main de sa femme. La voiture s'arrêta face à l'entrée principale du palais. Le chauffeur ouvrit la portière du côté de Sakina. Fawaz était déjà descendu et attendait au seuil du palais. Sakina aperçut un petit homme vêtu de blanc, trapu, le ventre gros, la barbichette clairsemée... Elle crut avoir une vision. Elle reconnut le prince, celui qu'elle avait insulté, celui sur lequel elle avait craché, celui qui lui avait demandé de l'épouser parce qu'il aimait sa voix et sa poitrine.

Il la regarda fixement. Elle faillit s'évanouir. Quand ses yeux se dirigèrent vers son époux, celui-ci détourna les siens et dit au prince :

– Monseigneur, voici la chose ! Mission accomplie !

Deux eunuques noirs emmenèrent Sakina, la belle chanteuse, vers une prison à vie où l'enfer promis par Dieu n'est rien au regard de ce qu'elle allait endurer. Sous la menace, on lui fit écrire à ses parents pour leur dire qu'elle était heureuse et que, par amour pour son mari, elle avait arrêté de chanter.

2

Ruses de femmes

Il était une fois deux amies qui s'aimaient d'amour et d'amitié. Un amour platonique, une amitié exclusive et précieuse. L'une était blonde, l'autre brune. L'une collectionnait les hommes, l'autre attendait le prince charmant. Toutes les deux étaient d'accord pour ne fréquenter les hommes que pour les utiliser, leur faire payer leurs fantaisies et éventuellement les faire souffrir. Elles étaient devenues des expertes en ruses et n'avaient aucun scrupule à aller jusqu'au bout de leurs plans. L'une couchait, l'autre se laissait juste caresser. L'une avait des orgasmes lents et saccadés, l'autre simulait la jouissance et continuait à se caresser seule en imaginant des situations étranges.

Tout se passa bien jusqu'au jour où la blonde fut prise au piège de l'amour. Elle ne crut pas ses émotions, ses battements de cœur, ses tremblements de voix et ses défaillances physiques dès qu'elle était en présence de Larbi, un homme de cinquante ans, marié et père de quatre enfants, faux-monnayeur, trafiquant de cigarettes et d'alcool, passeur de cargaisons de haschich en Europe, ancien soldat, ancien gendarme, familier

des prisons de la ville et homme très tendre en amour.
Il avait comme on dit du charisme, de la prestance
et beaucoup d'intuition. Il aimait l'argent et le dépen-
sait aussi facilement qu'il le gagnait. Il le blanchissait
dans la construction d'immeubles et de maisons que
personne n'occupait. Il les gardait vides et se souciait
peu de leur existence. Les femmes n'étaient jamais
pour lui une affaire, juste une occasion de se reposer, de
se laisser aller et de faire le vide dans sa tête. C'était
pour lui une étape nécessaire dans la journée. Il aimait
dire « le repos du contrebandier ». Il donnait du plaisir
et aimait en recevoir, surtout quand la femme se traînait à ses pieds. Ce trafiquant réputé n'était cependant
pas une brute. Mais il constatait que les femmes
qui s'accrochaient à lui aimaient se laisser dominer
et jouissaient sous le poids de son corps. La blonde
perdait la tête quand elle le voyait. Elle lui disait
d'emblée qu'elle était prête à tout pour lui faire plaisir.
Elle devenait une chose malléable entre ses mains,
entre ses cuisses, se lovait dans ses bras et pleurait
de joie.

Ce n'était pas une brute mais il était dur en affaires.
Or la fréquentation des femmes, la multiplication des
relations et certaines combinaisons qu'il établissait
entre elles prenaient autant d'importance qu'un contrat
de livraison de haschich. Cet homme mince et petit,
l'œil profond et le regard insaisissable, prenait tantôt
des allures de docker rompu aux travaux pénibles,
tantôt des attitudes de chanteur de charme, genre
Sinatra dans sa meilleure époque. Pour les femmes,
il avait du charme. Elles lui trouvaient quelque chose
de plus et se seraient damnées pour avoir une histoire

avec lui. Sa réputation n'était pas bonne dans la société traditionnelle de Tanger. On parlait de lui comme d'un voyou qui se nourrissait de la mort ou de la dépravation des jeunes gens d'Europe. Le pire c'est qu'il était bon musulman, priait de temps en temps à la Grande Mosquée de la Médina, et distribuait l'aumône aux mendiants qui se donnaient le mot et venaient nombreux pour l'attendre. Sa générosité n'était pas feinte. Même à l'époque où il était en prison, il chargeait un de ses hommes de main d'aller à la mosquée faire la charité.

Lui seul, peut-être, ne faisait pas le lien entre son trafic et la dégradation de la jeunesse qui se droguait. Il ne s'encombrait ni de scrupules, ni de moralisme. En revanche, il soignait l'image qu'il voulait donner aux femmes. Il tenait à garder son mystère et ses secrets. Sa première épouse était déjà vieille. Elle ne manquait de rien et s'était fait une raison. Son mari travaillait tout le temps et elle refusait de savoir en quoi consistait ce travail si prenant.

La blonde aurait perdu la raison si elle ne l'avait pas épousé. Elle avait besoin de savoir qu'il lui appartenait, même si, au fond, il n'était la propriété de personne, pas même de ses enfants qu'il comblait de cadeaux mais voyait peu.

Le mariage ne fut pas célébré. Il alla à son bureau avec deux hommes de loi, qui enregistrèrent l'acte de mariage, puis partit avec sa nouvelle femme à Ceuta. Ils s'enfermèrent durant deux jours et deux nuits et firent l'amour jusqu'à la nausée. Vers la fin de leur claustration, il se levait du lit en titubant et téléphonait pour son travail. Il parlait une langue inconnue.

Ce n'était ni du français, ni de l'espagnol, mais un mélange de rifain, d'arabe et de flamand. La blonde ne comprenait rien mais s'en moquait. La seule chose qui l'intéressait c'était de vider cet homme de son énergie jusqu'à le réduire à merci. Elle n'y arrivait jamais. Une fois, elle s'était juré de pratiquer sur lui une fellation infinie. Son idée, son obsession, c'était de le réduire à néant, de voir couler son sperme indéfiniment, puis d'exiger de lui qu'il la fasse jouir. Il était infatigable. On eût dit qu'il avait compris le jeu de la blonde et la laissait faire, léger sourire au coin des lèvres. Ce fut après cette longue épreuve d'où elle sortit à moitié vaincue qu'elle eut l'idée de proposer à sa meilleure amie, la belle brune, une association.

Elle raconta tout à son amie et n'oublia aucun détail de ses ébats avec le trafiquant. Elle nota que la belle brune ouvrait de grands yeux où se lisait l'envie. C'est au cours d'une de ses longues et minutieuses confessions qu'elle lui fit part de son idée :

– Je n'ai jamais rencontré un homme de cette force de caractère et de cette puissance sexuelle. Je voudrais savoir si je me trompe, si je suis simplement victime de mes fantasmes ou bien si d'autres femmes feraient le même constat que moi et éprouveraient la même attraction quasi maladive. Avec un peu de cynisme et d'impudeur je pourrais m'adresser à sa première femme. Même s'il ne la touche pas, elle doit bien avoir gardé en elle un peu de cette flamme, le souvenir de quelque chose d'extraordinaire. Mais je n'irai pas la voir. Ce serait de la méchanceté. En revanche, toi, tu pourrais me rendre ce genre de service.

– Aller parler avec sa femme ?

– Non. Faire l'amour avec lui.

– Notre amitié pourrait en souffrir !

– Notre amitié est forte, elle est au-dessus de ces péripéties que j'espère passagères.

– Donc tu me prêtes ton mari !

– Je n'aime pas cette notion de prêt. Ce n'est pas un objet, même si c'est une machine sexuelle.

– Alors que faire ? Comment procéder ? Comment le séduire, comment arriver jusqu'à son lit ?

– Pour la séduction, je te fais confiance.

– Oui mais, dans cette affaire, ce sera moi l'objet sexuel... Je veux bien te rendre service et j'avoue même que cela m'intrigue et m'intéresse, mais je ne veux pas y laisser de plumes. C'est à moi de te faire une proposition : tu le convaincs de me demander en mariage. Après tout, je ne serai que sa troisième femme. Légalement, il a droit à une quatrième.

– Tu es gourmande. Là, j'ai peur pour notre amitié. On sera rivales, forcément. Je ne le partageais pas avec sa première femme. Avec toi, ça sera différent. Ce sera un vrai partage. Une nuit avec moi, une nuit avec toi ! Comme au temps de nos grand-mères. Sauf que nous ne sommes pas dupes et que nous en jouons.

– C'est amusant. Nous n'allons pas nous ennuyer. Passons à l'organisation pratique. Chacune aura sa maison, de préférence dans le même quartier. Nous nous verrons chaque matin pour parler de nos nuits respectives.

– Si notre plan marche, je te demande que nous fassions un pacte : quoi qu'il arrive, nous resterons amies.

– Quoi qu'il arrive ? Nous prenons des risques. Peut-être que notre amitié en sortira renforcée, ou alors brisée.

– Nous nous aimons depuis toujours. Pourquoi tout d'un coup un homme réussirait-il à casser ce lien si fort ?

– Je me le demande moi aussi.

La blonde n'eut pas de mal à faire accepter par son époux l'idée d'un troisième mariage. Elle lui présenta cela comme un arrangement pour rester auprès de sa vieille amie. L'homme fut à peine étonné par cette audace. Il cita, sans faire de commentaires, l'affirmation de la belle femme des *Mille et Une Nuits* : « Nous autres femmes, tout ce que nous voulons, nous arrivons à l'obtenir ! »

Comme pour la blonde, le mariage avec la brune se déroula discrètement. Les parents protestèrent et finirent par accepter la chose. La nouvelle mariée fut installée dans un superbe appartement au centre-ville, face à la mer. La première semaine, la blonde se résolut à rester seule. Son mari ne lui téléphona même pas. Ce fut son amie qui l'appela pour lui demander de ses nouvelles. Elle lui apprit qu'elle n'avait pas encore fait l'amour avec lui. Elle se laissait caresser mais le repoussait dès qu'il tentait d'aller plus loin.

– Pourquoi fais-tu ça ?

– Pour lui faire mordre la poussière. Il faut qu'il me désire moi, rien que moi. Il faut qu'aucune autre image de femme ne s'interpose entre nous. Ne m'en veux pas. C'est une excellente stratégie pour atteindre notre objectif.

La blonde eut quelques inquiétudes. Elle ne s'attendait pas à cette réaction. Quelques jours plus tard, elle reçut la visite de son mari, qui se précipita sur elle et se déchaîna sur son corps. Il avoua qu'il trouvait son amie compliquée et qu'il regrettait ce mariage. En partant, il dit qu'il était résolu à mettre fin à cette relation. La blonde ressentit un mélange de soulagement et de regret. Elle appela son amie, qui se préparait à permettre enfin à son époux de la dépuceler, car à vingt-six ans elle était encore vierge. « Ce sera cette nuit », confia-t-elle. A l'homme elle dit, une fois toute nue : « Ne t'agite surtout pas. Nous avons le temps. Tu vas, dans un premier temps, déchirer mon hymen. Tu n'utiliseras pas ta verge, mais ta langue et ta grande patience. Je serai peut-être la première fille à être dépucelée par une si belle langue... »

Le lendemain matin, la blonde attendit une visite ou un appel de son amie. Personne ne frappa à sa porte. Le silence dura dix jours et dix nuits. L'homme avait même négligé ses affaires. Des inconnus vinrent frapper chez la blonde pour demander où il se cachait. Prévenu de cette agitation, il quitta le lit quelques heures et revint auprès de sa belle brune, insatiable, qui se révéla pleine de ruses, experte en érotisme. Elle aimait lui bander les yeux et jouer de son corps avec délicatesse. Elle l'empêchait d'éjaculer et l'obligeait à rester le plus longtemps possible en érection, tournant autour de lui, le caressant avec sa longue chevelure. Elle appelait cela « l'amour aérien », l'homme couché ne voyant pas d'où surgirait le plaisir. Elle parlait et trouvait même un plaisir intense à prononcer lentement et en arabe les expressions sexuelles. Elle pratiquait ce qu'on nomme, dans les milieux traditionnels, « le manque de pudeur ». Ni honte, ni pudeur, mais un déchaînement, une liberté de jouir et de transgresser tout ce qui était interdit. Ainsi, elle qui ne buvait jamais d'alcool réclamait un verre de bon vin au moment des caresses. L'homme obéissait sans rien dire. Il trouvait que cette fille avait de l'imagination et un pouvoir d'attraction inquiétant. Son plaisir était varié et d'une intensité qu'il n'avait pas connue auparavant. La situation lui plaisait. Il se laissait lentement prendre au jeu. Elle l'emmenait dans une dérive dont il ne voyait pas l'issue. Elle, en revanche, savait parfaitement ce qu'elle faisait. Elle maîtrisait la situation, possédait son homme et lui dictait, en douceur, entre deux caresses, ce qu'il devait faire. Après l'avoir excité, un soir, elle lui demanda d'aller faire l'amour à sa première femme, qu'il ne désirait plus depuis des années. Elle tint même à l'accompagner pour voir s'il exécutait réellement ses ordres. Evidemment, la situation était grotesque. Par chance, la vieille épouse était en voyage. Alors, elle le dirigea vers son amie la blonde. L'homme jugeait l'épreuve moins pénible. La deuxième épouse l'attendait en chemise de nuit. La brune s'installa au salon et attendit. Quelques minutes plus tard, il sortit de la chambre à coucher, le visage défait, prêt à se mettre en colère. Dès que ses yeux se posèrent sur la brune, il renonça à crier, s'habilla et repartit. La blonde fut persuadée que son homme avait été ensorcelé. Il n'avait eu aucune érection et était très nerveux. Les deux amies s'embrassèrent sans se parler.

La blonde commençait à se demander si elle n'avait pas eu une bien mauvaise idée. Plus rien n'était comme avant. Elle repensa à leur pacte d'amitié et poussa un soupir. Elle sut à ce moment-là qu'elle était en train de tout perdre, son époux et son amie. Et elle a tout perdu. Elle était mal placée pour laisser s'exprimer sa jalousie. A quoi bon? Elle avait joué avec le feu. A présent, elle n'avait qu'à attendre la suite des événements.

Au bout de trois mois, l'homme répudia ses deux premières femmes. Il leur assura une bonne rente chacune et ne réapparut plus.

Quant à la belle brune, elle quitta la ville et s'installa dans une ferme avec son époux légitime, à qui elle donna beaucoup d'enfants.

3

La vipère bleue

J'aime le voyage en bateau. Par ces temps de vitesse et d'embouteillage du ciel, le bateau est un luxe. On prend le temps de se déplacer. C'est l'occasion de faire le vide et de se préparer à entrer dans un nouveau rythme. Cet été, j'étais sur le *Marrakech*, un paquebot qui fait la traversée entre Sète et Tanger. A peine embarqué, un homme de petite taille, la cinquantaine, vint vers moi les bras ouverts, me salua et m'embrassa. Je n'avais jamais vu cet homme. J'étais un peu troublé et ne disais rien. Apparemment, ce devait être une méprise, une erreur, ou une confusion due à une ressemblance. Non, ce n'était rien de tout cela. L'homme me rassura :

– Je m'appelle Hadj Abdelkrim, je suis né à Marrakech un jour de chaleur exceptionnelle ; je suis marié avec une Sicilienne et suis père de trois enfants qui vous connaissent et vous aiment. Moi, hélas, je ne lis pas. C'est ma femme qui lit pour moi. Je ne lis pas, mais j'ai l'expérience de la vie, de ce qui est visible et de ce qui ne l'est pas. Mon métier ? faire aimer mon pays aux étrangers, le présenter dans sa beauté et sa complexité. Mais ce qui m'amène vers vous – et j'ai attendu longtemps ce moment –, c'est le désir de vous raconter une histoire, une histoire vraie. Vous êtes bien écrivain ? Alors, écoutez-moi. Il s'agit de Brahim, un homme tranquille, un brave homme qui essaie de faire vivre sa famille. C'est l'histoire d'une destinée qui s'est trouvée sur le chemin du Mal. Ecoutez...

Hadj Abdelkrim était au milieu d'un salon, les voyageurs avaient accouru pour l'écouter :

I

Cela faisait longtemps que les touristes ne s'arrêtaient plus devant Brahim et ses serpents. Fatigués, trop âgés, sans conviction, les serpents ne répondaient plus à la musique de leur maître-charmeur. Il avait beau changer de flûte et de mélodie, ils montraient à peine leur tête, hagards ou endormis. Une seule solution pour rendre de nouveau le spectacle attrayant : changer d'animaux plutôt que d'instrument. Brahim décida de faire un sacrifice et acheta une vipère brillante, jeune et vive. Elle lui fut amenée d'un village réputé pour ses reptiles. Il la caressa, la taquina, puis lui joua un morceau de sa composition. Très douée, elle dansait de manière exceptionnelle, se tortillant à souhait, suivant le rythme avec précision, sortant la langue pour ponctuer la séquence. Brahim reprit confiance en lui-même. Les serpents étaient séduits par la belle vipère bleue.

La nuit suivante, Brahim fit un rêve étrange : la grande place était déserte, éclairée par la pleine lune.

Il était assis au milieu, les jambes croisées. Il ne pouvait pas bouger. On aurait dit qu'il était fixé au sol avec une colle spéciale. Face à lui apparut la vipère, sous les traits d'une jeune femme bleue. Il n'arrivait pas à savoir si elle était habillée d'un voile bleu ou si c'était sa peau qui était ainsi colorée. Elle avait un corps de femme et une tête de vipère. Elle lui parlait tout en tournant autour de lui : « Cet après-midi, j'ai joué le jeu, je t'ai montré ce que j'étais capable de faire. Je ne suis pas celle que tu crois. Tu ne vas pas me condamner à me tortiller pour faire plaisir à tes touristes. Je mérite mieux que ça, je suis jeune, j'ai envie de vivre, de courir dans les champs, d'avoir des émotions, des plaisirs et des souvenirs pour mes vieux jours. Si tes touristes veulent des sensations fortes, ils n'ont qu'à aller en Amazonie ou au pays des pierres douées de mémoire. Je te préviens, si tu me donnes en spectacle, tu le regretteras... enfin, je ne suis pas sûre que tu auras le temps de regretter quoi que ce soit... »

Tout en parlant, elle tournait autour de lui, lui frôlant la main ou la hanche. Il essaya de répondre. La voix n'arrivait pas à sortir de sa gorge. Il était hypnotisé. Sûre d'elle-même, elle poursuivait son discours : « N'essaie pas de m'expliquer ton problème et d'obtenir ma pitié. Renonce à moi et tu auras la paix. J'ai trop à faire. C'est la saison des moissons, je dois retourner sous les pierres. J'aime les mains fraîches des jeunes filles qui se baissent pour ramasser le blé. Tes touristes m'écœurent. Ils ne sont pas beaux. Et toi, tu te contentes de leurs pourboires dérisoires. Aie un peu de dignité. A présent, tu peux te retirer. La place va se remplir. Le soleil va se lever. Et toi, tu vas réfléchir. Mais, si tu veux avoir la paix, rends-moi ma liberté. »

Brahim se réveilla en sursaut, tremblant et fiévreux. Il inspecta la caisse où dormaient les serpents. La vipère était là, tranquille, plongée dans un sommeil profond. Rassuré, il fit ses ablutions puis sa prière du matin. Ce jour-là, il joignit ses deux mains et demanda à Dieu assistance et protection : « Allah, Tu es le plus grand, le plus miséricordieux. Eloigne de moi le Mal et ceux qui sont sans scrupules. Je suis un homme faible. Je gagne ma vie grâce aux animaux. Je n'ai pas les moyens de combattre le Mal, ni de changer de métier. Les temps sont difficiles. Nous sommes charmeurs de serpents de père en fils. Je suis né et j'ai été élevé au milieu des reptiles. Je n'ai jamais une totale confiance en eux. Ils sont traîtres. En bon musulman, je ne crois pas à la réincarnation, mais il m'arrive de rencontrer des personnes dont le cœur et l'âme sont ceux d'anciennes vipères reconverties dans l'hypocrisie et le rire de dent à dent. »

Il n'était pas dans ses habitudes de prier et de se justifier. Cela faisait des années qu'il exerçait ce métier sans se poser de questions. Le rêve de cette nuit l'avait ébranlé. Il avait quelque chose de réel. Brahim avait peur. Peur d'un accident, peur du mauvais œil.

Ce jour-là, il devait charmer ses serpents dans un grand hôtel devant un groupe de touristes qui avaient payé un supplément pour assister à ce spectacle où l'exotisme était garanti : voir une vipère danser sur la musique d'un montagnard. Brahim récita une prière avant de quitter la maison, évita de prendre son vélo, accrocha autour de son cou une main en argent. Les peurs étaient en principe conjurées. Il se présenta à l'hôtel à l'heure prévue. Les touristes venaient de terminer un couscous. Ils avaient bu du vin rosé ou de la bière. Ils étaient gras et somnolaient un peu. L'animateur présenta Brahim : « Mesdames et messieurs, voici maintenant ce dont vous avez souvent entendu parler sans jamais le voir, voici ce qui fait la différence entre le Nord et le Sud, voici non pas de la magie mais de la poésie, voici le charmeur le plus célèbre de la place, voici l'homme qui risque sa vie pour vous donner des émotions, voici Brahim et ses serpents… »

Les appareils photographiques étaient prêts. Certains touristes n'avaient pas l'air impressionnés ; ils buvaient leur thé à la menthe en mangeant des cornes de gazelle. Brahim apparut, frêle et hésitant. Il salua le public d'une révérence. En se penchant, il crut apercevoir la femme bleue du rêve. Elle avait une tête d'oiseau et portait une djellaba bleue qui lui moulait le corps. Elle n'avait presque pas de seins. Elle était assise sur la branche d'un arbre et balançait ses jambes comme une enfant. Brahim joua de la flûte, retardant le moment de l'ouverture de la caisse à serpents. Les touristes ne somnolaient plus. Ils avaient tous les yeux fixés sur la caisse. Brahim poussa le couvercle et plongea la main dans la caisse. Il attrapa la vipère. En fait, ce fut elle qui s'accrocha à son poignet. Au moment où il allait caresser sa tête, elle le mordit. Elle avait encore tout son venin. Et pourtant elle en avait été vidée devant Brahim lorsqu'il l'avait achetée. Il tomba raide mort, la bouche pleine de sang et d'écume blanchâtre. Cette écume, c'était du venin. Les touristes crurent à une plaisanterie de mauvais goût. Certains, frustrés, protestèrent ; d'autres, bouleversés par cette mort, vomirent leur déjeuner. Des photos furent prises. Souvenir d'une mort instantanée. Souvenir de l'artiste qui meurt sur les planches.

Le corps de Brahim fut transporté à la morgue principale et placé dans le casier numéro 031.

II

Ali et Fatima, les deux enfants se donnant la main sur le chemin de l'école sur la couverture du livre de lecture du CM2, ont grandi. Promis l'un à l'autre depuis l'enfance, ils auraient pu former un couple de petits-bourgeois tranquilles, sans histoires, sages comme l'image qui a fait rêver des milliers d'écoliers. Ils s'étaient mariés parce qu'ils s'aimaient et personne n'aurait pu empêcher ce mariage. Malgré les apparences, trop de choses les séparaient : Ali avait pu faire des études et travaillait dans une société du secteur privé. Fatima était issue d'un milieu modeste et savait à peine lire et écrire. Ali était ce qu'on appelle un homme « dont le regard fait tomber l'oiseau en plein vol » ; on disait aussi, pour signaler sa passion des femmes, qu'il avait « les yeux verts », lui dont les yeux étaient noirs. Il aimait boire, conduire vite et voler les femmes des autres. Fatima était une femme d'intérieur, s'occupant de la maison et se consacrant entièrement à son mari, qu'elle attendait en permanence, et à leurs deux enfants. Une femme résignée à son sort, pas très maligne, toujours là, n'offrant à son mari aucune surprise, n'ayant plus de mystère pour lui, une femme pleine de sa bonne foi et de sa bonne volonté, une femme sans défense dont l'excès de gentillesse ressemble à de la bêtise. Comme sa mère et sa grand-mère, Fatima s'était installée dans la faiblesse tranquille, jusqu'au jour où elle décida de réagir, de faire quelque chose pour garder Ali auprès d'elle. Mais la vie de celui-ci était ailleurs. Apparemment, plus rien ne le retenait dans ce foyer où la routine était pesante et triste. Quand Fatima osait protester, Ali lui administrait une paire de gifles et partait en claquant la porte. Il ne cachait pas ses multiples aventures. Il courait les filles. Il ne le niait pas et considérait qu'il n'avait de comptes à rendre à personne. Cela ne faisait qu'exacerber la jalousie de Fatima. Une jalousie maladive. Les médecins ne pouvaient pas lui rendre son mari. Ils lui prescrivaient des calmants. Fatima n'osait pas se confier à sa famille. Mais son entourage devinait son malheur. Un jour, elle décida de consulter une voyante. « Ton mari est beau. Il te trompe et te trompera toujours. C'est plus fort que lui. Je vois une foule de jolies femmes qui l'entourent et veulent l'embrasser. Il est doué d'une grande puissance. Il donne aux femmes ce que d'autres hommes n'arrivent pas à leur donner. On dirait qu'il est né pour satisfaire toutes celles que le hasard offre à des incapables. Son rôle est de réparer les dégâts. Tu n'y pourras rien. Ce genre d'homme n'est pas fait pour le mariage et la vie de famille. Même si tu le caches dans une prison, elles viendront le débusquer et te le prendront. Sois courageuse ! C'est tout ce que je peux te dire, ma fille ! » Fatima était désespérée. Elle se confia à Khadouj, une voisine, infirmière à l'hôpital municipal. Khadouj ne pouvait qu'être complice de

Fatima. Elle avait tenté d'attirer Ali vers elle, mais sans succès. Non seulement elle comprenait la jalousie et le désarroi de son amie, mais elle les partageait. Elle lui proposa d'aller voir une sorcière, une femme connue pour résoudre les problèmes du couple. Elle avait un bureau dans un petit appartement et recevait sur rendez-vous. C'était une femme jeune, moderne, ayant fait des études de psychologie appliquée. Elle n'avait pas l'allure de ces vieilles sorcières borgnes et inquiétantes. Elle demanda à Fatima d'exposer son problème. Elle prenait des notes et posait des questions précises.

– Vous voulez donc récupérer votre mari, qu'il soit à vous et rien qu'à vous ? Je pourrais vous prescrire des pilules à diluer dans son café du matin, mais leur efficacité n'est pas certaine. Il y aurait aussi cette herbe à mélanger à du pain, mais cela comporte des risques d'intoxication. Vous voulez le récupérer en bonne santé, je suppose, pas malade...

Fatima dit quelque chose à l'oreille de Khadouj puis s'adressa à la technicienne :

– Je ne veux pas qu'il devienne impuissant ou une loque. Moi, je le veux tel que je l'ai connu, tel que je l'aime, fort, amoureux et tendre.

– Dans ce cas, je vais vous prescrire la bonne vieille recette, celle de nos ancêtres : une boule de pâte de pain sans levure ayant passé une nuit entière dans la bouche d'un mort, de préférence un mort frais, pas un cadavre oublié à la morgue. Il suffira que votre mari morde dans cette pâte, qu'il la mange, pour qu'il change et vous revienne tel que vous le rêvez. En fait, il faut que la pâte passe de la bouche du mort à la sienne. C'est faisable pendant le sommeil, au cas où vous n'arriveriez pas à la lui faire manger.

Fatima évoqua la difficulté de trouver un cadavre. Khadouj lui fit un signe. Elle paya la secrétaire, qui avait son bureau à l'entrée, juste à côté d'une salle d'attente.

L'après-midi même, la pâte était prête. Khadouj l'enveloppa dans un mouchoir et s'en alla à l'hôpital. Cette nuit-là, elle était de garde. Le hasard fait parfois bien les choses. Elle descendit à la morgue, ouvrit quelques boîtiers, cherchant le dernier mort arrivé pour loger la pâte dans sa bouche. Le numéro 031 était encore tiède. Sa bouche était entrouverte. Il y avait encore de l'écume blanchâtre et du sang. L'infirmière n'eut aucun mal à coincer la pâte entre les dents du mort. Tôt le matin, elle ramena la pâte dans le même mouchoir. Ali dormait profondément. Fatima lui ouvrit doucement la bouche et y plaça la pâte. Il la mordit sans s'en rendre compte. Ali ne se réveilla pas. Il était mort. Le poison était encore actif.

Fatima s'évanouit. Lui apparut alors la femme bleue à tête de vipère qui lui tint ce discours : « La sorcellerie n'existe pas. La bêtise, si. L'un a voulu me retenir contre mon gré. Il en est mort. L'autre a essayé d'aller contre le courant du fleuve et elle a tout perdu. L'un manque de dignité, l'autre d'orgueil. Dans ce cas ou dans l'autre, la morale de l'histoire, c'est moi qui la tire : il faut se méfier des vipères, surtout quand elles ont été maudites par la lune, un soir où elle était pleine d'amertume et de dégoût. Adieu, ma fille. Tu vas enfin dormir en paix et pour l'éternité. Comme tu vois, je ne suis pas totalement mauvaise… »

4

Un fait divers et d'amour

Voici un fait divers. Pas banal, certes. Incroyable même, mais authentique. C'est arrivé au mois de novembre 1980 à Casablanca. L'histoire de Slimane est celle d'un paradoxe :

Ils étaient nombreux à attendre ce soir-là un taxi dans le froid et le désordre. Elle aussi attendait. Confiante, les mains jointes sur le ventre. On ne bouscule pas une femme enceinte. On la respecte et on l'aide. Elle venait d'arriver, mais le prochain taxi serait pour elle.

Slimane est un homme paisible. Il déteste la violence et évite la cohue. Il avait failli une fois être lynché par une foule impatiente et en colère. Son « petit taxi », une Simca 1000 rouge, était tout cabossé après la bagarre. Depuis, il se méfiait. Il ne s'arrêtait plus aux stations, mais préférait prendre des clients au hasard.

Ce soir, en rentrant chez lui, il passa sans s'arrêter devant la station. Il aperçut la femme enceinte, il fit alors marche arrière et s'arrêta juste à son niveau. Personne n'osa protester. La femme était encore jeune. Elle n'était apparemment pas de cette ville. Elle avait l'air un peu perdue. Slimane lui demanda si «l'heureux événement» était «pour bientôt».

– Le mois prochain, lui répondit-elle. En tout cas, n'ayez aucune crainte, je n'accoucherai pas dans votre voiture!

Il sourit et ne dit plus rien. Arrivé à Derb Ghellef, au niveau du numéro 24 bis, il s'arrêta et descendit ouvrir la portière. La femme le pria d'attendre un peu, le temps d'aller chercher chez sa sœur l'argent de la course. Slimane attendit en fumant une cigarette. Cinq minutes plus tard, la femme revint, en larmes :

– O mon Dieu! Qu'est-ce que je vais devenir? Il n'y a personne chez ma sœur; elle a dû partir en voyage, même les voisins ne sont pas là... Comment faire pour vous payer, et où irai-je avec mon enfant, ô mon Dieu!... Je ne suis qu'une étrangère... Je ne connais personne ici...

Slimane était bouleversé. Il se moquait bien du prix de la course. Il ne pouvait laisser cette pauvre femme seule, dans cet état de désespoir.

– Madame, je ne vais pas vous laisser dans cette situation. Nous devons nous entraider, entre musulmans. Je vous invite à venir chez moi pour cette nuit en attendant le retour de votre sœur. Ma femme sera ravie et puis les trois enfants seront contents... d'avoir de la visite. C'est petit chez nous, mais il y a toujours de la place pour les gens de bien...

– Non monsieur, vous êtes très bon. Jamais je n'oserai vous déranger, et puis votre femme ne comprendrait pas...

– Ma femme est merveilleuse. Elle m'a donné trois

beaux enfants, une fille et deux garçons, et beaucoup de bonheur... Elle est très bonne, ma femme.

Slimane insista encore. La femme accepta. A la maison, tout se passa très bien. Les enfants étaient excités. Ils lui cédèrent leur chambre. L'épouse de Slimane était très gentille et prodigua des conseils à la future maman. Elles cherchèrent ensemble des prénoms, bavardèrent tard dans la nuit.

Slimane était manifestement fier de sa bonne action et de son épouse. Il se leva tôt le matin. La femme enceinte était déjà debout. Reposée, détendue, elle était à l'aise comme si elle faisait partie de la famille. Slimane lui souhaita une bonne journée et lui proposa de l'emmener chez sa sœur. Elle parut ne pas bien comprendre ce qu'il lui disait. Il lui répéta sa proposition :

– Je pourrai vous déposer, si vous voulez, chez votre sœur. Elle doit s'inquiéter peut-être...

– Chez ma sœur ? Mais quelle sœur ? Je n'ai pas de sœur, tu le sais bien... Et puis tu oublies qu'ici je suis chez moi, et que cet enfant que je porte est le tien !...

Slimane poussa un cri de stupeur et appela sa femme :

– Nous sommes trop bons ! Je te l'ai toujours dit ! Trop bons. C'est incroyable. Elle veut nous avoir, cette bonne femme. Elle prétend qu'elle est chez elle et que je suis le père de son enfant... Elle est folle... De toute façon, moi, je ne discute pas avec elle. J'ai confiance en la justice de mon pays. J'appelle la police.

Son épouse l'encouragea à le faire. L'invitée riait aux éclats et traitait déjà l'épouse de Slimane comme une domestique :

– Apporte-moi le petit déjeuner. Viens que je te fasse des confidences. Slimane, l'homme discret et silencieux, l'homme qui ne rate aucune prière, cet homme est un grand séducteur! Tu vois ce bracelet en or, c'est un cadeau du mois dernier, et ce collier de corail, c'est le jour où j'ai accepté de me donner à lui… C'est curieux, nous avons les mêmes foulards! Quelle indélicatesse de sa part!…

– Tais-toi. Je n'ai rien à te dire.

L'affaire prit vite un tour sérieux. La justice fut saisie. Le juge décida, avant d'étudier l'affaire dans le détail, de constituer un dossier médical pour chacun des plaignants. Des analyses furent faites : les urines, le sang et aussi le sperme de Slimane. Elles ne prouveraient pas grand-chose. C'était une formalité. Et ce qu'on découvrit allait pourtant bouleverser cette histoire. Les médecins étaient formels : Slimane ne pouvait être le père de cet enfant à venir. Il était stérile. Il l'avait toujours été.

Ce coup de théâtre foudroya Slimane. Il se mit à boire. Il vivait et dormait dans son taxi. Son épouse fit la grève de la faim et révéla au juge le nom du père de ses enfants. C'était le propriétaire de leur maison. Elle essaya d'expliquer à qui voulait bien l'écouter qu'elle n'avait jamais trompé son mari et que c'était par amour pour lui qu'elle s'était fait faire ces enfants. Comme elle le dit : «Un homme n'est jamais stérile. C'est toujours la faute de la femme!»

5

Le Mirage

Je n'aime pas les vacances. Il faut dire que, ne faisant rien de mes mains, je n'en ressens pas le besoin. Je ne sais même pas ce que c'est. Il paraît que c'est du repos, un changement de rythme et d'habitude. Je n'en ai pas envie. Mon rythme est ce qu'il est. Lent et sans surprise. Mes habitudes sont plutôt des manies et je crains de les perdre si je pars comme tout le monde en vacances au mois d'août. Elles me supportent et m'aident à me supporter. Elles sont simples et je ne demande qu'une chose : qu'on ne les dérange pas, qu'on me les laisse telles quelles.

Tous ceux qui partent le même jour à la même heure sur les routes ont aussi leurs manies : être comme tout le monde, faire comme les autres, ne rien rater de l'engouement collectif, une façon de se rassurer, de s'assurer qu'ils ne mourront pas seuls ou idiots. Ce n'est pas mon cas. Mourir idiot ou intelligent, je m'en moque !

Je n'aime pas les vacances parce que je n'aime pas les voyages. Courir dans une gare en portant une valise lourde dans une main, un sac dans l'autre, les billets entre les dents, faire la queue dans un aéroport pour enregistrer les bagages, supporter la nervosité des vacanciers qui ont peur de l'avion ou qui se sentent obligés d'emmener avec eux la grand-mère qui perd la mémoire et qui aurait été heureuse de rester chez elle avec ses petites manies, être bousculé par un groupe de sportifs insouciants, partir en retard, arriver fatigué à une heure impossible, chercher un taxi... tout cela je vous le laisse et je préfère me retirer dans un coin de la maison pour écouter le silence et rêver aux amours cruelles...

Mais je ne peux pas me retirer. Je n'ai pas droit à la solitude. Je suis, moi aussi, à mon corps défendant, un vacancier classique, partant aux heures de pointe, souffrant de tous les maux. Je n'ai même pas le droit de protester, ni de marquer ma mauvaise humeur : les enfants sont impitoyables ; ils se moquent éperdument de toutes ces considérations, et l'unique chose qui les intéresse c'est de retrouver leurs copains pour courir, nager, danser, chanter...

Voilà pourquoi, cette année, je me trouve au Mirage, un nouveau lieu de vacances. J'ai de la chance. Il est encore peu connu et peu fréquenté. C'est une sorte de club privé dont les membres sont cooptés. Une vingtaine de petits appartements autour d'une piscine d'une propreté remarquable. En descendant un escalier, on se trouve sur la plage. Sable fin, vagues hautes et belles, mer aux couleurs fortes. C'est l'Atlantique. Il règne dans ce lieu un silence inquiétant qu'interrompent, au matin, les cris des enfants qui plongent dans la piscine. Autant dire que cela n'a rien à voir avec les vacances dont on parle à la télévision. C'est un lieu secret, tranquille, idéal pour un misanthrope qui accepte de faire quelques concessions. Le Mirage appartient à deux frères qui ont beaucoup de mérite, des gens d'Asilah, petite ville au sud de Tanger. Dans les années soixante-dix, le cadet émigra en Europe. Il travailla dur et apprit que l'ambition est une vertu, surtout quand on est pauvre. L'aîné fit des études supérieures et partit quelque temps à l'étranger.

Aujourd'hui, ils sont fiers de ce qu'ils ont réalisé : un lieu de vacances calme et paisible. C'est ici que mon imagination, intriguée par tant de silence, s'est mise à observer et à tout inventer. Tout ? Non, mais presque tout. Il faut se méfier des écrivains qui se disent en vacances, car ils ne cessent jamais de regarder, d'interpréter et d'imaginer.

Je suis assis à l'ombre et j'observe ce qui se passe. Rien. Ou presque rien. Et pourtant il s'en passe des choses, dans ce lieu idyllique, dans ce petit paradis, dans ces appartements tout neufs, entre des gens civilisés, sympathiques et forcément heureux d'être là. Je ne vois rien. Mais je ramasse les petits faits, je les combine, je les arrange, et cela donne des choses étranges ou désespérément ordinaires.

L'appartement 14 est occupé pour une longue durée par un couple d'Italiens et leurs enfants. Lui est ingénieur, dirige une équipe chargée de creuser le fond marin pour installer un gazoduc. Son rire est ravageur. Les enfants l'adorent car il sait les amuser et jouer avec eux. Il part tôt le matin et rentre en fin d'après-midi, les bras chargés de jouets. Ses deux filles ont l'âge de mes enfants. Ils communiquent par gestes et mimiques et s'amusent beaucoup. Une des filles mange trop. L'autre pas du tout. Elle survit avec deux biberons de lait importé spécialement d'Italie. Au début, elle refusait le lait du Maroc. L'organisme, même jeune, a ses exigences et ses habitudes. Leur mère s'appelle Paola. Cela fait plus de deux mois qu'elle expose son corps au soleil. Elle a bronzé méthodiquement. C'est tout ce qu'elle avait à faire. Paola s'ennuie. Paola dort mal. Paola mange peu. Paola a pris le repos en horreur, le soleil, la natation, le poisson grillé, le Fanta orange, l'ambre solaire, la télévision RAI UNO, les moustaches de Tony son époux, Cesare son ami de bureau, les pâtes, la sauce bolognaise, la sauce napolitaine, la sauce piquante, la galette marocaine, le ciel bleu, le ciel proche, les étoiles indifférentes à son sort. Paola pleure souvent et ne sait pas pourquoi, Tony rit fort et les enfants crient par principe jusqu'au jour où Samya arrive.

Jeune étudiante de Rabat, Samya a été engagée sur le conseil d'un ami ingénieur marocain, pour s'occuper des enfants. Samya a la peau blanche, des petits seins, des cuisses fermes et un joli sourire malgré une mauvaise dentition. Elle ne parle pas un mot d'italien et communique par gestes avec Paola et les enfants, consultant de temps en temps un petit dictionnaire franco-italien. Samya aime la piscine et la mer et c'est la première fois qu'elle s'occupe d'enfants. Très vite elle a dû abandonner les deux petites filles à leur sort et s'occuper de leur mère, qui passait plus de temps à pleurer sans raison qu'à faire nager ses enfants. Tony est content de constater que Paola pleure moins depuis qu'elle a trouvé en Samya une compagne idéale. Quant aux enfants, elles continuent de crier et de jouer

seules. Samya prépare des plats marocains. Toute
la famille se régale. Paola ne peut plus rester seule.
Elle ne quitte plus Samya. Elle se confie à elle, pleure
dans ses bras et s'endort, la tête posée sur son épaule.
Samya la serre contre elle, sèche ses larmes tantôt
avec un Kleenex, tantôt avec sa langue. Tout cela se
passe, de préférence, après le dîner quand Tony somnole devant la télévision et que les enfants dorment.
Paola n'est plus triste. Samya se maquille et porte de
jolies robes pour aller dîner avec le couple en ville.
Tony travaille trop. Il est responsable et ne peut
prendre ne serait-ce qu'un jour de repos. Paola aime
se promener toute nue dans l'appartement tard le soir.
Samya porte un grand tee-shirt qui lui sert de pyjama
et laisse deviner ses seins et ses rondeurs en dessous.
Les mains de Paola aiment les caresser. Elle le fait en
riant. Samya craint les chatouilles. Elle crie et court se
réfugier dans sa chambre. Paola force la porte et l'on
n'entend plus rien, juste le bruit des vagues et les ron-
flements de la fille aînée qui mange trop.

Il ne se passe rien dans ce cadre merveilleux où le
temps s'arrête de temps en temps, où le soleil est chaud
et les siestes longues et douces. Tout est calme. Le propriétaire veille sur la tranquillité des uns et des autres.
Rien ne manque. Le confort est total. La solitude est
belle et les nuits tendres.

Justement, le couple de l'appartement 15 est discret. Pas d'enfants. Pas de bruit. L'homme, taciturne,
part le matin, après avoir plongé dans la piscine, et
revient le soir après avoir nagé dans la mer. La femme
est jeune, belle et plus grande de taille que lui. Elle est

timide, marche en osant à peine regarder autour d'elle.
Son corps a l'air de s'ennuyer. La manière qu'elle a
de l'enduire de crème ou de le masser est sensuelle.
Son regard est vague. Ses yeux sont petits et profonds.
On dit que ce sont les yeux d'une jouisseuse. Elle
marche lentement et fume beaucoup. Elle porte une
casquette noire qui lui donne plus d'élégance et de
charme. Son homme ne parle à personne. On le voit
faire les cent pas le soir, son téléphone mobile collé à
l'oreille. On ne sait pas avec qui il parle. Elle non plus
ne sait pas d'où viennent ces coups de téléphone qui
durent parfois longtemps. Elle assure qu'elle n'est pas
curieuse et qu'elle se tient à l'écart des affaires de son
homme. Elle dit qu'ils se sont mariés il n'y a pas longtemps et que Paco s'est converti à l'islam pour pouvoir l'épouser. Preuve d'amour et de passion. Elle
passe ses journées à l'attendre. C'est une femme qui
s'ennuie et ne s'en cache pas. Elle aime cela parce
qu'elle en profite pour penser et rêver. Elle est assise
face à la mer. Pensive, elle ne répugnerait pas à être
dérangée ou surprise par son homme. Mais où est-il ?
Que fait-il ? Elle ne veut pas le savoir. Un jour il lui a
dit : « Je n'aimerais pas que tu rencontres les gens avec
qui je travaille. » Elle en a conclu que c'était peut-être
des hommes qui allaient l'importuner et lui faire la
cour. Les silences du couple sont pesants. Quand
l'homme parle, il murmure comme s'il avait peur
d'être entendu. Au restaurant, ils fument sans se
parler. Lui ne rit jamais. Elle rit parfois quand elle est
toute seule. Un jour, il n'est pas parti au travail. Il
a reçu beaucoup de communications. Au milieu de
la journée, il s'est mis en maillot et a nagé méthodi-

quement dans la piscine. Ses bras sont tatoués. Sur sa cuisse droite, il y a une cicatrice. Pas une blessure à l'arme blanche, mais un creux, celui d'une balle mal retirée. Il ne boite pas, mais essaie de cacher la cicatrice sous une grande serviette de plage. Elle ne sait pas nager, alors elle se mouille, marche dans l'eau puis remonte prendre le soleil. Elle a des insomnies. Elle sort du bungalow au milieu de la nuit et se promène. Son homme la rejoint et partage avec elle une cigarette.

Un jour, son homme lui a apporté un jouet : un perroquet mécanique qui répète tout ce qu'on lui dit. Elle passe son temps à lui dire « bonjour » ; il lui renvoie son « bonjour », la voix légèrement déformée. D'après le jardinier, ce couple n'est pas marié. Il donne comme preuve le fait qu'on ne laisse pas toute seule, dans un lieu de vacances, une femme aussi attirante et aussi sensuelle. Elle est peut-être séquestrée ici, n'ose pas réagir. Pour le moment, elle somnole près de la piscine, écoutant de la musique dans un Walkman.

Un jour elle a quitté le Mirage et a fait une longue marche à pied. Son homme est arrivé à l'improviste. Il a tourné plusieurs fois autour de leur chambre, donné quelques coups de fil, fumé plusieurs cigarettes nerveusement. Il aurait aimé demander aux voisins ou au jardinier s'ils avaient vu sa femme mais il n'a pas osé. Elle est rentrée tard dans la soirée. On a entendu quelques cris étouffés. Le lendemain matin, ils n'étaient plus là. Seul le perroquet, posé au-dessus de la télévision, répétait mécaniquement « Ultima vez... última vez... última vez »...

Le Mirage porte bien son nom. En ce mois d'août, les matins sont brumeux. Le restaurant et l'hôtel sont enveloppés de brume et surgissent lentement vers midi, quand le soleil perce l'épaisse couche de brouillard. Il aurait fallu repeindre l'enseigne, varier le menu du restaurant et interdire la musique d'ambiance. Pour le moment, personne ne pense changer quoi que ce soit dans ce lieu. La recette est simple : la répétition avec lenteur, avec douceur.

Le plus beau bungalow a été loué pour tout l'été par un grand couturier parisien, un homme fin et cultivé, très sensible et généreux. Sa maison est ouverte. Il a le cœur sur la main. Des amis défilent. Ils raffolent de l'endroit. Lui est ravi. Il aime l'amitié et les longues discussions tard dans la nuit. Son garde du corps est un homme du Sud marocain, noir de peau, de grande taille, qui marche avec la légèreté d'un boxeur poids lourd. Le couturier est heureux de recevoir. Il aurait tant souhaité passer une partie de ses vacances avec ses deux filles, mais elles préfèrent être ailleurs, faire de la marche et dormir chez l'habitant. Il ne lui est rien arrivé de notable. Il est assez discret et ne laisse rien voir de sa vie privée. Mais ce qui est arrivé à l'un de ses amis, Angelo, mérite d'être conté :

Angelo a dû être, dans les années soixante, le plus beau garçon de la bande dite « de Tanger ». Grand, mince, raffiné, il a vécu des passions célèbres, notamment avec un grand collectionneur d'art, disciple d'Oscar Wilde et de Jean Cocteau. Depuis la mort de son ami, Angelo a poursuivi le travail d'antiquaire et a tout rassemblé dans une maison extraordinaire de la Casbah. C'est une sorte de musée sur plusieurs niveaux. Des objets précieux et rares. Des meubles d'époque. Des miroirs étranges. Des labyrinthes en hauteur. Et, pour épater le visiteur, une piscine sur la terrasse. On visite cette maison comme une curiosité figée dans une ambition terrible : l'immortalité. Personne ne sait l'âge d'Angelo. Son corps est encore svelte et son esprit très vif. Sa peur c'est de n'être pas là où il faudrait qu'il soit. Sa place est au centre non pas du monde, mais au moins de la soirée ou du dîner. Personne n'ose l'oublier. Il est drôle et foncièrement gentil. Il peut aussi être acerbe et cassant avec ceux qui ne l'apprécient pas. Angelo vient tous les jours chez son ami couturier. Il ne vient pas seul. Il est accompagné de trois enfants et de leurs parents. Il dit que ce sont ses enfants. Il les a adoptés. Ils ont réussi à le maintenir vif et dynamique. Il ne vit que pour eux et reconnaît qu'il les gâte trop. Le père est là. C'est son ami, son majordome et son confident. Il a disparu hier sans prévenir, ni laisser de trace. Angelo, d'un coup, a vieilli. Il dit que son ami « fait une crise ». Cet homme qui aime la beauté, la précision des choses et la fidélité à la parole donnée, est blessé. Il ne comprend pas pourquoi il a été abandonné, lui qui s'est emparé des enfants d'un autre, faisant du père un simple géniteur, sans droits sur eux.

En cette fin de semaine, un couple de jeunes mariés est venu passer sa nuit de noces dans ce cadre tranquille. Il a occupé l'appartement n° 10. On a vu le matin deux vieilles femmes venir récupérer le drap taché de sang. Elles l'ont emporté, enveloppé dans un morceau de satin rose posé sur un plateau argenté. Pour les époux, tout est décalé. Ils se sont réveillés à 14 heures et ont pris le déjeuner à 17 heures. Ils ont sorti des chaises et se sont installés en face de la piscine. Ils ne se sont rien dit. La main dans la main, ils ont regardé la mer, le ciel, les enfants, puis ont fermé les yeux et se sont assoupis. Après un long moment, ils se sont levés et se sont promenés longuement au bord de la mer en se tenant toujours par la main. Il ne s'est donc rien passé d'extraordinaire. Ils ont dû faire l'amour plusieurs fois. Au début, c'est souvent ainsi.

Un chat égaré cherche refuge. Il essaie d'entrer dans les appartements. Un des jardiniers le chasse. La jeune mariée sort, enveloppée dans une chemise de nuit comme on en voit dans les films égyptiens des années cinquante, et prend le chat dans ses bras. Elle le serre contre elle et l'embrasse. Le mari n'aime pas les animaux. Il s'empare du chat et le jette. Le chat revient. De nouveau il le repousse. La femme supplie de le garder. L'homme lui dit qu'il n'est pas question de garder un chat malade. Il lui donne un coup de pied et l'animal se retrouve dans la piscine. Des enfants sautent pour le sauver. La jeune mariée pleure. L'époux boude devant la télé. C'est leur première dispute. Il y en aura d'autres. La jeune femme se rend compte que la fête est finie. Ils s'ennuient déjà. La jeune femme a attendu le soir pour mettre un maillot et plonger dans la piscine. On la reconnaît à peine. Il fait un peu sombre. On devine qu'elle ne veut montrer son corps à personne d'autre qu'à son mari, du moins pour le moment. Son homme l'a rejointe et ils jouent comme des enfants. L'incident de tout à l'heure est oublié. Comme au cinéma, la femme feint d'avoir peur. Le mari la taquine puis la rassure. Comme au cinéma, l'homme sort le premier et enveloppe sa femme dans un peignoir tout neuf. C'est un cadeau. Il a du mal à le retirer du papier cellophane. La femme se tient debout dans l'eau et grelotte. Elle fait semblant d'avoir froid. L'homme arrive avec le beau peignoir ouvert. Il cueille son épouse qu'il porte dans ses bras jusqu'à la chambre. Ils font l'amour puis s'endorment sans dîner.

Ils sont rentrés chez eux. Le bonheur a été fugace. Commence la vie de tous les jours, la fin des illusions... Seule une naissance retardera l'ennui.

Pour accéder à la plage, il faut passer par les bungalows. Tous les lundis et mardis, un groupe de touristes anglais vient faire un tour de chameau sur la plage, se fait prendre en photo par un petit bonhomme myope et finit l'aventure au restaurant Le Mirage, où on leur sert du poulet rôti ou du rosbif. Ils repartent dans l'après-midi, heureux d'avoir éprouvé quelques sensations fortes. En passant devant les appartements, ils imaginent qu'on est en train de tourner un film sur le bonheur. Il s'appellerait *Le Bonheur au Mirage* et raconterait l'histoire de couples tourmentés venus méditer sur leur condition dans un cadre idyllique.

Des nouvelles de l'ami d'Angelo. La rumeur dit qu'il est à Marrakech avec une femme. Son épouse n'ose pas aller le chercher, de peur de découvrir la vérité. Les enfants ne viennent plus à la piscine. Les amis n'osent plus prononcer le nom du fugueur devant Angelo. Il a du chagrin et attend la nouvelle lune sur la terrasse de sa belle maison, citant Borges : « La nouvelle lune est comme une petite voix dans le soir, et c'est elle qui me dira quoi faire. »

La drague installée au large de la plage travaille jour et nuit. Le bruit qu'elle fait couvre celui des vagues. Elle creuse. Elle disparaît dans la brume épaisse.

C'est la fin de l'été. Le soir, il fait un peu froid. Le propriétaire a réuni les membres du club pour un dîner d'adieu. C'est un peu triste. L'Espagnol est venu avec une autre femme. L'Italien est arrivé sans son épouse, malade. Samya est partie. Elle aurait promis de revenir. Paola prétend qu'elle aurait emporté quelques bijoux. Le mari dit qu'elle a dû les lui offrir mais qu'elle l'a oublié. C'est le soir des règlements de comptes. Tony a les larmes aux yeux. Il avoue qu'il a dormi seul tout l'été dans un grand lit. Paola sourit. Le couturier a décidé de prendre deux jours de repos. Il a reçu trop de monde. Tous ces gens étaient-ils ses amis ? Ce sont surtout des amis d'amis. Il a peur de la solitude. Il est fier de ses deux filles. L'une travaille sur la folie, l'autre s'occupe des animaux. Il n'est pas venu à la fête. Il doit dormir. Les jeunes mariés ont apporté des gâteaux au miel. Un couple de Français a ouvert une bouteille de champagne. D'autres Italiens se sont joints à la fête. Ils ont mis de la musique et certains ont dansé. Ils ont envie de revenir l'été prochain. Et le propriétaire a promis que, l'année prochaine, il n'y aurait plus de fourmis devant les portes.

En me levant ce matin, j'ai cru avoir une vision : des soldats armés occupent le Mirage. Un officier, probablement leur chef, se promène autour de la piscine en parlant dans un téléphone de campagne. Est-ce la guerre ? Je me frotte les yeux. Les soldats sont là et surveillent la plage. Personne ne marche au bord de la mer. Pas même Rambau, le chien, ni le groupe de chameaux que montent les touristes.

Les deux frères sont furieux. Ils réclament des explications. L'officier, gêné, leur dit qu'il ne fait qu'exécuter des ordres venus d'en haut. Mais que font-ils là ? Il paraît que le prince d'un des pays du Golfe a décidé de venir dans la journée se baigner dans cette mer.

Renseignements pris, le prince en a assez de son palais espagnol. Il a souhaité manger des sardines marocaines grillées sous un parasol, face à l'Atlantique, anonyme parmi la foule des baigneurs. Les soldats ont quitté le Mirage et se sont postés aux alentours du nouveau palais qui vient d'être achevé. D'autres se sont mis à nettoyer la plage où les estivants de dimanche ont jeté des bouteilles de Sidi Ali en plastique, des pelures d'orange, des tranches de melon et de pastèque, des couches pour bébé, des serviettes hygiéniques, des peaux de figues de Barbarie, des sacs en plastique noir, de vieilles espadrilles déchirées, tous les déchets d'un village transplanté dans une ville... Heureusement que le prince a eu l'idée de visiter son palais. Une partie de la plage sera propre durant un jour ou deux.

Le prince est arrivé et a renvoyé les soldats chargés de sa sécurité. Mais la plage est restée vide. Personne n'a osé déranger un émir sous le soleil.

6

Le premier amour
est toujours le dernier

Le premier amour est toujours le dernier. Et le dernier est toujours rêvé. Je ne connais de son corps que la voix. Une échappée tourmentée, mouvante et chaude. La voix qui me parvient dans un rire, un soupir ou un murmure me permet de deviner les hanches et les seins. J'ai appris à être attentif au parcours de la voix. C'est un aveugle qui m'a dit un jour tout ce que la voix peut porter comme informations. Ainsi est-ce par cette voix que je touche ce corps en fermant les yeux, je découvre peu à peu les moments et les gestes de sa vie.

J'invente le grain de la peau, la chaleur des mains, le regard et les silences. Je vois l'esquive et pressens l'abandon. C'est dans la nuit, au moment où l'insomnie retient les lueurs du jour, déterre les images perdues dans l'intensité de la lumière, que j'entends cette voix. Elle vient de loin; elle est si proche. Comment l'habiller ? Elle arrive nue en ces premiers instants de la nuit. Je lui donne un visage, puis un regard. Il m'arrive souvent de perdre ses traces. J'essaie de dormir. C'est alors qu'elle soulève les draps, me bouscule, fait tomber la lampe et déchire l'étoffe des choses.

Elle m'a dit, une nuit venue tardivement, une nuit tombée dans le hasard de la solitude : « Si rien n'efface en nous le songe – cette passion de l'amour –, nous sommes prêts à nous aimer longtemps sans jamais nous dévoiler... »

Cette phrase, dite sur un ton moqueur mais sérieux, fut comme la chute du désir. Mon impatience est devenue un poids, un fardeau lourd dont il faut se débarrasser. Car, avec cette apparition, j'ai appris à aimer le secret et à attendre.

L'intensité d'un amour se mesurerait à l'impatience ou l'extrême patience d'attendre. Dans ce qui arrive ou n'arrive pas, je sais que le plus beau c'est le temps de l'attente, un espace tendu comme un linge entre un arbre et un pilier chancelant et lointain qu'on aperçoit sans vraiment le cerner. L'autre point – horizon ou sonate – est entouré d'une nappe nuageuse. On l'observe sans le voir. On le capte sans le savoir. Dans l'attente, le regard a de l'imagination et peu d'humour. Il s'active et se pose sur une ombre ou un lieu vide qui a été ou sera habité. En fait, il ne se pose pas. Il cherche une maison de verre flottant sur la mer. L'inaccessible est là, derrière les mots. Dans cette longue et heureuse épreuve j'essaie, comme Adolphe, de « faire bon marché de moi-même parce que je ne m'intéresse guère ».

Au premier comme au dernier amour, j'ai le même sentiment : à force de sincérité et d'impatience, je risque de tout blesser. Je ne cesse d'imaginer et de repousser de la main le mur de l'angoisse. Je frôle les limites. Dans l'attente je perds le visage, l'image du visage, comme je ne reconnais plus la voix qui me guide. C'est curieux comme s'éloigne de moi l'image de la femme tant attendue. Je ne sais plus les traits de son corps, la couleur de ses yeux et le sens de son regard. Je n'oublie pas, je perds les grains qui composent l'image. On dit que c'est à cause de l'ivresse du cœur, ou à cause de la nuit qui amplifie les dimensions de la chimère.

Assigné dans ma résidence où j'invente le temps, ce qui est et ce qui doit être, ce qui doit arriver, je me sens libre comme les « dés d'oiseaux de soleil ». Je dirai à cette femme, peut-être une jeune fille de vingt ans : « Je t'attends, et t'attendre c'est t'aimer ; tu me manques déjà, avant même de t'avoir rencontrée ; je survis grâce à l'attente, même si c'est un morceau de ciel déchiré, une étoffe épaisse incrustée d'étoiles. Tu es une lueur qui m'éclaire et m'embrase. T'étreindre, c'est attendre un peu moins chaque lune. »

Il ne faut pas mettre le sentiment dans les mots, paniers creux et interchangeables qui ont transporté les sables du sud vers le nord. Je crains qu'ils ne fassent plus retentir un chant de vie mais juste le bruit d'une nostalgie, celle d'un vieillard qui joue pour ne pas mourir, qui amasse les pierres comme les jours pour s'éteindre dans le silence d'une attente entourée d'orgueil. Est-ce la nuit qui se dérobe et le visage aimé qui apparaît ? Un territoire blanc s'étend devant mes yeux ; il est éclairé par une lumière intense et artificielle. La mer l'a libéré. Une femme, encore enfant, marche vers moi. Je ne bouge pas. Elle s'approche lentement. Tout se dissimule en moi : le désir et l'angoisse. Etre rêvé, élu de la solitude pour être un amour premier.

Son arrivée est déjà une mise à mort. C'est cela le désespoir souverain. Il naît en moi et je le contourne. Je ne suis plus suspendu à mes images tremblantes. J'ai peur. Joué par le jeu. L'idée d'une solitude éternelle et imposée me hante. De la main droite je chasse l'image qui avance. Tout s'éteint. La lumière et mon regard. J'ai froid dans cette chambre sordide de six mètres carrés située sur une terrasse d'un vieil immeuble de la place Bourgogne dans le quartier de l'Agdal à Rabat. Je me lève pour pisser. Je sors de mon trou et cherche un coin dans la terrasse où le linge des voisins est tendu. J'oublie de pisser. J'examine les vêtements lavés : une vieille culotte, un pyjama rayé en flanelle, une chemise au col fatigué, un saroual blanc en bon état. Je le détache et je pisse dedans.

Je reviens dans la chambre et tente de retrouver une des images convoquées au début de la nuit. Impossible de les retrouver. J'essaie de dormir. J'ai froid. C'est la peur de ne jamais connaître l'amour. Une torpeur pèse sur ma poitrine. Je vais tomber et ne trouverai rien où m'accrocher. C'est le néant. Le corps se vide. Besoin de dire le visage attendu avec la passion de l'obscur. Le drap entre les dents, les mains posées sur le ventre nu, je ferme les yeux.

Il est venu un arbre immense, tel un oiseau qui a trop vécu. Il est poussé par les bras frêles d'une jeune fille brune, née dans le sud du pays à Immintanout, bouche d'une grotte creusée par le temps et la sécheresse dans un figuier de Barbarie. Ses yeux puisés dans une jarre de miel sont grands. Sa bouche se pose sur mon bras. Ni épaisses ni trop fines, mais exactes, ses lèvres tremblent. Un peu de salive sur le sommeil de mon corps. Est-ce moi ou est-ce elle qui sort de l'enfance ? Elle vient, message des nuées lointaines, et me dit en tamazight : « Mon premier amour doit être pudique comme la trahison » ; puis, après un silence, sans rien montrer de son corps, elle ajoute : « Il aura la simplicité d'un sein parfait. »

7

L'homme qui écrivait
des histoires d'amour

Il aurait aimé qu'on dise de lui après sa mort : « Ci-gît l'homme qui aimait les femmes. » Hélas, non seulement il n'était pas le seul à prétendre à cette épigraphe mais un romancier puis un cinéaste avaient déjà emprunté ce titre pour une fiction qui l'avait laissé plutôt indifférent. Ce qu'il voulait raconter ne se passait ni en France ni en Amérique, mais dans sa tête. Les événements avaient pour cadre son pays natal, le Maroc, et plus exactement le Sud, mais n'arrivaient apparemment jamais.

Ainsi, l'homme qui racontait des histoires d'amour était d'une tristesse affligeante. Il était petit et disgracieux. Il avait beau se persuader que les femmes étaient plus sensibles à la qualité d'âme d'un être qu'à son apparence physique, il restait seul face à son miroir en train de se laver le visage espérant qu'à force la beauté intérieure jaillirait comme une lumière et finirait par devenir une force d'attraction irrésistible. Sa timidité avait quelque chose de maladif. Il rougissait et bégayait dès qu'il se trouvait en face d'une femme qui l'attirait. Il avait même acheté un livre écrit par un psychologue américain, *Comment vaincre votre timidité*. Après l'avoir lu, il se rendit compte que c'était une escroquerie. L'auteur conseillait de manger de la cuisine piquante et de boire de la bière chinoise...

Il était triste mais voulait s'en sortir ; c'est pour cela qu'il n'était pas malheureux. Il savait que le physique masquait la vertu tout en la trahissant et que, tôt ou tard, il vivrait une grande et belle histoire d'amour. Pour le moment, toute son énergie était mise à la disposition des autres, ceux et surtout celles qui venaient le voir pour qu'il écrive leur histoire. C'était un écrivain public, « spécialisé dans la science, le délire, la folie et la passion d'aimer ». Il avait quitté l'enseignement où il s'ennuyait et s'était installé dans un coin du café Central, dans le Socco Chico de Tanger, qui lui servait de bureau, de poste restante et aussi d'observatoire. Les femmes étaient réticentes à entrer dans le café. Le patron lui suggéra de recevoir ses clientes par une porte dérobée donnant sur une ruelle obscure et lui fit installer un paravent chinois acheté au marché aux puces de Casa Barata. Le propriétaire du café avait de l'amitié et de la compassion pour ce poète incompris et particulièrement doué pour écrire les histoires d'amour des autres. Il fut d'ailleurs son premier client. Son histoire était d'une platitude déconcertante mais les mots du poète, ses phrases et ses images lui donnèrent une belle dimension. En fait, non seulement il les écrivait mais il les embellissait. C'était cela son secret.

*

L'histoire d'Abdesslam commençait ainsi :

Il était une fois une gazelle à la peau blanche et douce, aux yeux grands et noirs, à la chevelure longue et épaisse, égarée sur les terrasses d'enfance et qui s'ennuyait sans oser avouer son amour pour le prince des cafés, Abdesslam, l'homme dont la bonté d'âme était lisible sur le visage et qui cachait son amour pour la belle Kenza, plus par pudeur que par calcul. Lui aussi montait prendre le soleil sur la terrasse. Il voulait bien envoyer un message à sa belle, mais ne savait pas comment s'y prendre... Il épousa sa cousine, une paysanne forte et grasse qui lui donna trois enfants et ne se préoccupa jamais de ce qu'il pouvait faire en dehors de la maison. Kenza s'était mariée avec un pêcheur et devint la meilleure amie de la paysanne, pour mieux organiser ses rencontres secrètes avec Abdesslam. Ils se retrouvaient dans une petite cabane sur la terrasse et faisaient l'amour pendant que l'un pêchait au large et l'autre préparait le repas du soir. Cette situation dura quelques mois jusqu'au jour où Abdesslam surprit sa femme dans la cuisine recevant la verge du pêcheur par-derrière, pendant que les marmites bouillaient, les corps sentant les épices d'Afrique et d'Asie, des odeurs de cuisine mêlées à celles du poisson. Il n'y eut pas de drame, juste un évanouissement de la paysanne ; on ne sut pas si elle perdit connaissance par peur ou si c'était l'effet conjugué de l'orgasme et de la surprise. Abdesslam fit venir Kenza et les hommes échangèrent les actes de mariage. En fait, ils régularisèrent la situation beaucoup plus tard, divorcèrent chacun de son côté et se remarièrent juste après. Mais l'histoire ne s'arrêta pas là. Le pêcheur était toujours amoureux de sa première femme et essaya plusieurs fois de renouer avec elle. Abdesslam devint très jaloux. Il passait son temps à surveiller sa femme et à suivre le pêcheur, jusqu'au jour où il eut une bonne idée : ne jamais quitter le pêcheur, sortir en mer avec lui, aller au bain ensemble, l'occuper tout le temps. Il négligea son café mais entraîna son rival dans une sombre histoire de trafic de cigarettes. A présent, le pêcheur était écroué ; quant à Abdesslam, il était obligé de s'occuper des deux foyers. Il avait peur de la réaction du pêcheur à sa sortie de prison. C'était pour cela qu'il voulait voir son histoire écrite ; il la donnerait à un des sorciers du Sud pour la réécrire avec une encre sépia ayant le pouvoir d'agir sur le déroulement des événements...

L'histoire fut écrite en arabe et donnée au cheikh Brahim, qui habitait dans le cimetière d'Imiltanout. Malgré l'importante somme d'argent que lui proposait Abdesslam, il refusa d'intervenir dans cette affaire qu'il jugea particulièrement immorale. Il insista beaucoup. Le cheikh lui ordonna de sortir de son caveau, puis le rappela en lui demandant de revenir avec les deux femmes. Ce qu'il fit un mois plus tard. Il reçut d'abord Kenza et s'enferma avec elle une bonne heure. Bien sûr, le mari pensa que le cheikh tripotait sa femme, mais, comme chez le médecin, il n'osa pas pousser la porte pour voir ce qui se passait réellement. Kenza sortit troublée et en même temps épanouie. Abdesslam était certain qu'elle venait de recevoir la verge du cheikh. Il ne dit rien et poussa la grosse paysanne dans le caveau. Elle aussi reçut la visite de la verge. Elle s'évanouit comme d'habitude et le cheikh appela Abdesslam et lui dit : « Aucune femme ne résiste à une verge bien faite. Tu garderas les deux femmes pour toi tout seul. Le pêcheur ne sortira pas de prison. Il est tombé amoureux fou d'un jeune garçon, un délinquant qui a tué et qui a été condamné à perpétuité. Il fera tout pour rester auprès de son amant. A présent, allez-vous-en, et ne me dérangez plus pour si peu. »

Le trio repartit à Tanger et, depuis, Abdesslam s'occupe des deux foyers et honore les deux lits.

*

L'autre histoire est celle de l'homme qui pleure. Abdelkrim est un trafiquant de kif, né aux environs d'Al Hoceima. Il avait épousé Khadija, une femme du même village que lui. Le jour où cette jeune femme était entrée chez lui, il avait juré devant sa mère qu'elle ne sortirait de la maison qu'accompagnée par sa mère ou par lui. Elle était vouée aux travaux ménagers et à faire des enfants. Il s'était arrangé pour construire un bain maure à la maison et verrouillait la porte chaque fois qu'il partait en voyage. Sa mère avait le double des clés et déposait elle-même les enfants à l'école coranique.

Un jour, Khadija eut une très forte fièvre. Elle vomissait, tremblait quand elle se levait, et perdait même connaissance. La mère lui donna à avaler des espèces de poudre, ce qui ne fit qu'aggraver son état. Au bout de deux jours, Abdelkrim décida de faire venir un médecin. Il chercha partout un médecin femme car il était hors de question qu'un homme posât son regard sur le corps de son épouse. Il n'y avait pas de femme médecin, seulement une infirmière, qui refusa de le suivre. Il revint bredouille à la maison et demanda à sa mère de donner à Khadija d'autres poudres et herbes conseillées par une sage-femme aveugle. Khadija vomissait du sang. La mère était persuadée que c'était signe de délivrance : ce sang noir était celui du Mal et du mauvais œil que la pauvre Khadija avait reçu de son entourage.

L'état de la malade devint désespéré. On alla chercher son père, qui se mit en colère. Il appela un médecin. Lorsque le jeune homme entra dans la chambre et demanda à examiner la femme, Abdelkrim lui dit : « Je sais ce qu'elle a, vous n'avez qu'à m'interroger et lui donner des médicaments. » Connaissant bien la mentalité de ces gens, le médecin renonça à l'examiner et exigea de lui faire une piqûre. Le mari lui demanda où il se proposait de piquer sa femme. Le médecin lui dit « Dans les fesses ». « Jamais ! » Le père repoussa Abdelkrim, prit une paire de ciseaux, découpa un morceau de drap au niveau de la fesse gauche et fit signe au médecin de faire son travail. Avant même que la piqûre ne fût prête, Khadija rendit l'âme dans un ultime soupir.

Depuis, Abdelkrim ne faisait que pleurer, regrettant son ignorance et sa bêtise. Il se laissait aller et abandonna la culture et le trafic du kif. Il ne fréquentait plus les mosquées, pleurait jour et nuit et pensait qu'en écrivant son histoire et surtout en la rendant publique il éviterait à d'autres ce genre de drame. Il voulait aller la raconter à la télévision et montrer la photo de sa femme et de ses enfants. Il cherchait non à se faire pardonner, mais au moins à ne plus verser de larmes sur son passé.

L'histoire fut écrite et même illustrée par un peintre surréaliste partageant sa vie entre l'hôpital psychiatrique et le hammam. Elle circula quelque temps sous forme d'une plaquette qu'Abdelkrim vendait aux passants. Il criait dans les places publiques où se produisaient des conteurs : « C'est mon histoire ; c'est ma vie ; lisez l'histoire de l'homme qui pleure, ça vous évitera de faire des bêtises ; mon histoire pour dix dirhams ; mon histoire pour un peu de pain et des olives... »

★

La femme qui entra au café et se dirigea sans hésiter vers la table de l'écrivain public portait une djellaba bleue et avait le visage dévoilé. Les yeux étaient entourés de khôl et les lèvres charnues étaient peintes avec un rouge artisanal. Elle devait avoir moins de trente ans. Dès qu'elle eut pris place, elle dit :

– Monsieur, je viens de la part de Kenza ; votre réputation est celle d'un homme bon et judicieux. Je serais très heureuse si vous pouviez m'aider à inverser la situation...

Il l'écoutait mais ne savait pas ce qu'il fallait inverser. Il fit un signe de la tête pour dire qu'il ne comprenait pas bien ce qu'elle voulait. De son sac, elle sortit une babouche d'homme et la déposa sur la table. Elle était retournée. Son index était tendu vers la semelle de la babouche. Il avait compris ce qu'elle voulait dire mais prenait un malin plaisir à lui soutirer des explications. Elle prit la babouche délicatement et la caressa comme si c'était une partie du corps humain.

Sans parler du sens de ce symbole, il lui dit que son

pouvoir n'allait pas jusqu'à intervenir dans l'intimité d'un couple qui s'aime. Il lui indiqua un fqih connu pour savoir comment dissuader les maris de continuer à prendre leurs femmes uniquement par-derrière. Elle lui dit : « Je sais tout cela. J'ai déjà essayé et cela n'a rien donné. Le fqih Sidi Lahcen n'a pas réussi à remettre la babouche dans le bon sens. Alors j'ai pensé qu'en écrivant mon histoire et en le menaçant de la rendre publique il cesserait sa pratique. Ma mère me demande souvent pourquoi je n'ai pas d'enfant. Je ne vais tout de même pas lui dire que mon mari n'aime faire l'amour que par-derrière ! Tous les soirs je me prépare à le recevoir ; je me lave et me parfume ; j'épile mes poils ; je me mets sur le dos et l'attends. La première chose qu'il fait, c'est de me culbuter et de me pénétrer par l'autre trou. Je hurle souvent ; il croit que c'est cela mon plaisir. Chaque fois que j'ai essayé d'en parler avec lui, il se lève et me dit que c'est une discussion de putains. Je suis encore vierge. Je ne veux pas mourir sans connaître l'autre plaisir. »

Il avait bien envie de lui proposer une aventure, juste de quoi goûter à cet autre plaisir, mais il n'osa pas. Il sentit cependant, dans la manière qu'elle avait de se confier à lui, une amorce de séduction qui le faisait rougir. Il remit la babouche dans le bon sens, tout en la caressant comme elle faisait au début. Il lui dit que ce genre de chose n'était pas de sa compétence et qu'il regrettait de ne pouvoir lui rendre service. En se levant pour partir, elle se pencha sur lui et lui murmura dans l'oreille ces mots : « L'amour est un serpent qui glisse entre les cuisses. » Cela le fit rire et surtout lui rappela son adolescence quand il dessinait sur les murs de sa rue des femmes avec des seins immenses et un serpent entre les jambes. Il lui était arrivé aussi de représenter un homme sous forme de pénis en érection, marchant en direction d'une femme en forme de vagin. Il aimait ces obscénités et s'enfermait dans les toilettes pour se caresser en y pensant.

Il remarqua que la femme ressemblait à l'une de ces images qu'il traçait à la craie sur les murs. Il mit sa main sur sa taille, la fit glisser par la poche ouverte de la djellaba et découvrit qu'elle ne portait pas de culotte. Sa main était pleine du sexe charnu de la femme. Elle lui dit : « A présent, vous savez ce que rate mon imbécile de mari ! » Il n'était pas question de faire l'amour sur place. Il lui donna rendez-vous dans son minuscule appartement de la « rue des Amoureux », au Marché-aux-Bœufs, et lui demanda d'être discrète. Elle lui rendit visite très tôt le matin, après avoir déposé les enfants de sa sœur à l'école. C'était un bon prétexte pour sortir. Elle se glissa dans son lit et se mit tout de suite en position de recevoir le sexe de l'écrivain. Elle était sur le dos, les jambes écartées et les mains impatientes de tirer vers elle le corps de l'homme encore endormi. Il lui dit :

– Vous êtes vierge ?

– Non, répondit-elle, cela fait longtemps que mes doigts ont fait le travail de mon époux !

L'écrivain avait du mal à avoir une érection. Il était ému et en même temps inquiet de l'audace de cette femme. Elle se mit à le caresser puis à le sucer. Elle lui fit remarquer que ce sont surtout les putains qui faisaient ces choses-là. Une fois l'érection obtenue, elle enfonça le pénis en elle avec une force qui effraya le pauvre homme. Cette femme était une experte et elle ne s'en cachait pas. Avant de s'en aller, elle lui dit : « Plus besoin de voir le fqih ou même le juge. Vous m'avez aidée à trouver la solution. A présent, la babouche peut rester à l'envers puisque vous me prendrez toujours à l'endroit ! »

Cette histoire le perturba. La femme faisait des acrobaties pour venir chez lui. Elle prenait des risques. Il avait peur que le mari ne débarque un jour avec un couteau pour lui couper le pénis. C'était sa crainte. Comment arrêter cette relation ? Comment reprendre une vie plus calme ? Comment sortir cette femme de sa vie ? L'aimait-il au moins ? Pas vraiment. Il se pliait à ses désirs et fantaisies, en profitait un peu, mais la trouvait un peu envahissante et trop gourmande. Elle l'exténuait et trouvait chaque fois une nouvelle manière de faire l'amour. Alors, l'unique manière de se débarrasser de cette histoire, c'était de l'écrire, la raconter dans le détail, et même la rendre publique. Il était persuadé que l'écriture était la forme la plus subtile et la plus noble de l'exorcisme. Ecrire pour détruire. Ecrire pour effacer. Nommer les choses pour les éloigner. C'était cela le secret. Il s'enferma dans une salle, chez son ami Abdesslam, et se mit à la rédaction de l'histoire de la femme à la babouche retournée. Il aurait pu l'appeler « La femme qui n'aimait pas être sodomisée », mais il trouvait cela un peu direct.

Une fois terminée la rédaction de ce conte des jours (la femme ne venait que les matins), il se sentit libéré, soulagé et même distant à l'égard de tout ce qui lui était arrivé depuis quelques mois. Lorsque la femme revint le voir un matin, il la laissa se mettre à l'aise, se déshabilla et, au lieu de lui faire l'amour par-devant, renversa son corps et fit mine de vouloir la sodomiser. Là, elle le repoussa, se leva et eut la stupeur de voir se dessiner sur le visage de l'écrivain celui de son époux. Elle hurla et prit la fuite.

Depuis, l'écrivain est un homme tranquille, continuant à écouter les uns et les autres, à écrire leurs histoires, leurs lettres, et surtout à leur inventer un monde merveilleux avec des mots et des images. Tranquille mais toujours pas heureux. Il sait qu'il lui arrive souvent de confondre sentiments amoureux et désirs sexuels; qu'il ne voit dans l'amour que prouesses physiques et possibilité d'assouvir une soif de sexe et de plaisir. Et puis il se demande si l'éducation traditionnelle ne confond pas elle aussi sexe et affection. Il se souvient de la lecture en cachette du traité de sexologie pour les jeunes garçons musulmans, le livre de Cheikh Nafzawi, *Le Jardin parfumé*, texte où, au nom de la piété et du respect des préceptes de l'islam, le cheikh donne des «leçons de fornication». Ce livre rédigé par un maître en théologie était destiné aux garçons et uniquement à eux. Nourri de cet enseignement, il a essayé d'en tenir compte à chaque fois qu'il s'est trouvé en face d'une femme. L'ombre du cheikh s'interposait entre elle et lui.

Alors qu'il était plongé dans ces réflexions, apparut la femme à la babouche retournée. Il se leva et lui demanda de le laisser. Elle lui dit qu'elle n'était pas venue pour le sexe mais pour l'amour, du moins poussée par l'amour qu'elle lui portait. Il l'invita à s'asseoir et se mit à parler du vent d'Est. Elle l'interrompit et lui dit, sans perdre son sang-froid : « Sais-tu qu'une femme ne fait l'amour que si elle est amoureuse ? Crois-tu qu'elle se donne uniquement parce qu'elle a du désir ? Sache qu'il n'y a pas de désir sans sentiment et que l'amour physique n'a de sens que s'il est dicté et accompagné d'émotions et d'affection. Je sais que vous, les hommes, vous êtes esclaves de votre désir. Vous pouvez culbuter une femme n'importe où et n'importe quand. C'est d'amour que je parle... Il faut réécrire notre histoire, si tu veux qu'elle se termine. Telle que tu l'as racontée, elle ne correspond pas à la vérité. La vérité, c'est que je suis tombée amoureuse de toi et je me demande d'ailleurs pourquoi ; tu n'es même pas beau et tu n'es pas drôle non plus. Tout le mystère est là. »

Ils restèrent silencieux un moment, puis elle reprit ses questions : « Dis-moi pourquoi, chez nous, il n'y a presque jamais d'harmonie entre l'homme et la femme ? Pourquoi l'homme se refuse à avoir des gestes de tendresse à l'égard de son épouse, surtout quand ils sont en public ? Pourquoi nous tombons souvent dans la violence ? Est-ce que Cheikh Nafzawi parle d'équilibre et d'harmonie, dans son traité ? »

Il lui était difficile de répondre à toutes ces questions. Il aimait les histoires d'amour. Il ne les vivait pas forcément. S'il lui arrivait de confondre amour et sexe, ce n'était pas de sa faute. Il décida de relire les *Mille et Une Nuits*, *Kalila et Dimnah*, *Roméo et Juliette*, *Qaïss et Leila*. Il voulait savoir comment on écrit de véritables histoires d'amour. Il ne voulait plus évoquer la relation des corps, juste leurs sentiments, leurs émotions. La femme avait raison. Il ne faut pas trop dévoiler l'intimité des histoires. Mais se débarrasseraitil de la sienne avec elle ? Il ne pouvait le savoir avant de l'avoir écrite.

Il partit loin, très loin de Tanger, fit une halte à Marrakech et exposa à un conteur son problème. Il raconta son histoire face à un public médusé. Il dut inventer d'autres épisodes, créer un peu de mystère et fit de l'homme un « fou d'amour », ensorcelé par la beauté et les ruses des femmes. Plus il parlait d'amour, plus il perdait la mesure des choses. Il sut que l'unique manière de s'en sortir était de tout transformer et de tout inventer. Il ne se souciait plus de la vérité. Il disait : « La vérité est ronde comme cette place, elle tourne dans les rêves et dans les esprits de ceux et de celles qui cherchent à la capter. » Rien n'était simple. Tout était dans le secret. Au public d'arracher ce secret des mots qui faisaient le tour de la place, ou de la peau de celui qui avait pris le risque de raconter une histoire d'amour, de folie et de blessures.

Quand, des mois après, il revint à Tanger et s'installa au fond du café d'Abdesslam, il sentit qu'il avait changé et qu'il fallait trouver un autre métier. Raconter les histoires des autres, ce n'était pas difficile. Il avait la matière première et il savait la mettre en forme. Il se comparait à un architecte ou à un décorateur. Mais inventer des histoires, créer des personnages et des situations, les combiner jusqu'à composer un drame ou une comédie, cela était plus complexe et exigeait de lui beaucoup de travail et d'imagination. Il aurait aimé puiser dans sa vie privée les éléments de ces histoires, mais il n'y avait pas grand-chose à emprunter à sa vie. Il lui restait les rêves. Il les avait négligés. Le tour était joué : ses rêves étaient si nombreux, si variés et parfois si puissants qu'il n'avait qu'à se pencher pour ramasser les histoires d'amour. Sa timidité maladive, sa peur du risque et de l'aventure étaient aussi grandes que sa passion pour les femmes qu'il imaginait dans son demi-sommeil. Il lui suffisait de voir passer dans la rue une belle fille pour lui donner un nom, une voix et un caractère et en convoquer l'image au moment où il se mettait au lit pour entamer avec elle une discussion qui se terminait par une pollution des draps et un cri étouffé. D'un geste de la main, il la renvoyait et essayait de fixer son attention sur autre chose. Généralement, aucune autre image ne venait à lui. Il s'endormait en pestant contre l'injustice de sa condition et se promettait de ne plus s'exciter en présence d'une image. Il était persuadé que s'il ne la touchait pas, s'il ne se touchait pas, elle passerait toute la nuit en sa compagnie.

Depuis, ses nuits sont calmes et douces. Il y fait des rencontres souvent merveilleuses. Le matin, en se réveillant, il se sent un peu triste, un peu abandonné, seul et amer. Après son café, il se met à sa table et rédige les dernières aventures de « l'homme qui invente des histoires d'amour ». Il éprouve une sensation de déjà-vécu. Il ne fait que se souvenir, même si les mots s'entêtent à tout exagérer et même à mentir.

8

Les filles de Tétouan

1) Topographie d'une solitude

Les filles de Tétouan ont la peau blanche et douce.
Les yeux noirs. Le regard discret. Le geste mesuré. La
parole rare.

Vivre à Tétouan, c'est accepter une complicité :
complicité avec le calme d'une mer voisine ; respect
de ce qui dure et doit durer ; complicité avec les illusions de l'écrit ; admettre la retenue, l'économie dans
la parole et dans l'acte.

La vie traverse les habitants de cette ville avec la
douceur et le murmure d'un ruisseau. L'événement,
c'est le détour. Les corps blancs, les corps frêles traversent l'événement à la manière d'une nappe de
fumée qui passe. Un petit nuage bleu reste accroché
aux arbres. C'est tout. Le vent soufflera. Il emportera
le petit nuage bleu. Le bruit se décompose au seuil de
la ville. Il est annulé. Le faste et le luxe sont refoulés
vers d'autres lieux. De même, on a décrété que toute
violence est étrangère à la topographie de la ville. Les
rues sont dessinées de façon à déjouer, ou tout au

moins apprivoiser, les signes de la violence. Les murs, badigeonnés avec de la chaux, retiennent dans leur luminosité un peu du bleu du ciel. Ce bleu s'insinue dans la blancheur, comme le murmure des vagues de Martil pénètre doucement les rêves des enfants qui attendent l'été. On le dit partout : les montagnes détiennent les fibres du Destin ; ce qui arrive est écrit sur leurs flancs nus. Ceux qui les escaladent ne savent pas lire entre les pierres. La passion est rare, comme la folie. Personne ne les nomme. Les corps s'échappent, glissent entre la violence qu'on refoule et le désir caché. Le vent soufflera, la nuit de préférence. La ville épurée. Les rues repeintes à la chaux. Les pierres des montagnes sont à l'écoute de la quiétude. Les nuages abandonnent leur bleu et s'en vont tomber plus loin. A la mer.

On parle d'une colombe blanche.

On dessine la colombe qui frôle le petit nuage bleu. C'est la lumière. C'est le signe transparent de la volupté murmurée. Quelques feuilles échappées au ciel cherchent un corps, une tombe. Les mains nues. La voix nue. C'est la migration de l'eau douce. Sur corps peints avec de la terre.

Lorsque se tait la rumeur, les femmes sortent. La mer retenue dans le regard. Le pas dessine la nudité des hanches ; l'astre sans prise coule vers le lit sec de la rivière. C'est la chute de l'abeille dans un corps de miel : l'erreur. Sur la pointe des pieds, les femmes traversent les grandes allées de la solitude. L'œil des hommes assis au café caresse leurs fesses et les juge. Le soleil nous renvoie ces visages purs dans des rêves silencieux. On dit que ces corps ont été taillés dans l'argile et le verbe. Ils retourneront à l'argile. Pour le moment, ils chantent et cernent la blancheur de l'absence. Ils couvent l'incertitude de la promesse et préfèrent la douceur de la caresse. C'est vrai, la caresse est fugue. L'homme s'absente. Les affaires courantes.

Le corps aride. Désœuvré.

L'amour. Apprendre à aimer sa solitude. Savoir se retirer dans un roc qui préserve la tendresse. Déjouer la dépendance pour que la possession devienne écran de transparence. Aimer, c'est célébrer en permanence la rencontre de deux solitudes, fêter leur révélation quotidienne, leur éclatement possible dans la mort, la poésie. Se savoir abandonné des étoiles et des vagues ; vivre l'amour, l'amitié dans la tendresse passionnelle. Les femmes de Tétouan ne connaissent hélas que la dépossession. Leur être féminin se perd dans l'image que l'homme a bien voulu fabriquer pour elles. Arrachées à leur différence, elles se consument dans l'oubli. Voilà pourquoi les femmes de Tétouan se retirent, sans faire de bruit, sans briser quoi que ce soit, dans la somme de leurs solitudes. Les époux deviennent matière qui s'effrite dans les cafés ou clubs pour hommes (casinos espagnols) où, pour se soûler sans être vu, on descend dans la cave. Ils parlent jusqu'à perdre leur salive ; tombent en mottes de sable blanc à côté de leur tabouret. Le soir, le garçon de café les ramasse dans de petits couffins et s'en va les déposer au seuil de leur maison. Les femmes dorment. S'absentent pour rêver.

2) *Née de l'écume*

Elle est reine nymphomane. Elle a été enfermée dans une cage de cristal par l'homme, son mari. La nuit, elle traverse le cristal et court à la grande place du Feddane illuminée pour l'occasion par de puissants projecteurs. Son corps étendu attend. Sa nudité appartiendra à l'homme ou la bête qui saura l'assouvir. Les hommes ivres qui sortent du sous-sol du « casino » se brûlent en s'approchant du corps. Ils partent en fuyant, ayant reconnu la damnation menaçante. Le corps qui a souffert de l'absence de l'amour est devenu une immense braise. La reine n'attend plus dans le Feddane : une bête non identifiée, venue certainement du Rif, l'a enlevée. Ils vivent heureux dans une grotte.

Elle est femme née de l'écume. Pas tout à fait sirène. Elle dort sur le rivage, bercée par le murmure des pensées. L'homme qui passe est un montagnard rifain. Sa peau est brune. Teinte de la terre du pays. Il s'arrête, s'agenouille près du corps qui rêve. Sans parler, passe ses mains taillées dans la roche du mont Dersa sur la poitrine blanche et ferme de la femme qui commence à se réveiller. Il embrasse ensuite les aisselles et sent profondément le parfum des roses étalé sur le corps. Avec quelque précipitation, l'homme déchire la culotte large et blanche de la femme, relève sa djellaba en laine marron foncé dont il tient le bord entre les dents et pénètre en silence la jeune femme qui ne dit rien. Trop heureuse pour parler, elle regarde le ciel.

3) Le corps dans le miroir

On lui a dit qu'une fille doit rester vierge jusqu'à l'arrivée de son mari. On lui a dit aussi de se méfier des regards tendres et des paroles douces. On lui a dit de ne jamais regarder un garçon dans les yeux, encore moins lui parler. Tôt, on lui a présenté un dessin du monde : le Bien d'un côté, le Mal de l'autre. Elle doit rester dans le territoire du Bien, où elle sera préservée du vice et de la honte. Sa maison, sa famille, ses parents ont toujours fait partie de ce territoire. C'est pour cela qu'ils se portent bien et sont respectés de toute la ville. De l'autre côté, il y a le Mal et les autres. Le sexe, la cigarette, l'alcool, la jouissance... C'est la nuit. C'est l'absence des étoiles. On ne connaît ni Dieu ni Mohammad son prophète. Les familles perdent leur honneur et vivent la damnation de Dieu et des hommes.

Elle se met derrière la fenêtre et regarde les hommes passer. De temps en temps, un couple traverse la rue. Ils se tiennent par la main ; des fois, la femme suit derrière. Des garçons désœuvrés passent, solitaires. Certains d'entre eux lèvent les yeux au balcon, mais n'aperçoivent pas de femme. Quand la nuit tombe, la fille s'enferme dans la salle d'eau. Elle se déshabille et contemple longuement son corps dans le miroir. Elle se tourne et se retourne, défait sa chevelure, se maquille et se regarde. Elle ferme les yeux et laisse sa main descendre avec douceur de son épaule à son pubis. La caresse douce et honteuse. Après, c'est l'amertume. La désillusion. Ou tout simplement la honte, la culpabilité. La fille se démaquille, se rhabille, ramasse sa solitude dans la paume de sa main et se jette dans un lit pour retrouver les ombres.

Elle se remet au balcon et choisit l'homme qui passera sa main sur son corps dans le miroir. Ce corps passe son temps à attendre et s'use dans un miroir qu'il n'arrive pas à briser, jusqu'au jour où un homme, un homme travailleur et désireux de fonder un foyer, envoie ses parents pour demander en mariage la fille. Il ne la connaît pas encore, du moins pas vraiment; on a dû lui parler d'elle, on lui a vanté ses qualités. Pour la voir, on lui a donné ses coordonnées, c'est-à-dire le chemin qu'elle emprunte quotidiennement, les moments où elle se déplace seule... Il l'a vue pour la première fois à la sortie du lycée. Il était au volant de sa voiture et faisait semblant d'attendre quelqu'un. Il l'a à peine vue.

Exactement ce qu'il lui faut: une fille discrète, timide, qui ne suit ni la mode ni la politique. Bref, son choix est fait. Elle sera femme au foyer. Digne et simple. Pas besoin de diplôme; elle s'occupera de sa maison. Elle n'aura pas à travailler dans une administration, à être en rapport avec d'autres hommes. Pour le voyage de noces, ils iront en Espagne. La famille de la fille se donne un temps de réflexion. La fille peut refuser, invoquant le désir de terminer ses études.

Les fiançailles. Le temps de l'amour, des baisers en cachette, des promenades en voiture et le retour avant le dîner à la maison. L'amour comme dans un roman-photo.

La préparation du mariage. Des cadeaux à l'occasion des fêtes. Une bague ou un bracelet. Le mariage est une fête où la mère pleure la rupture. Sa fille lui est enlevée. Elle la quitte pour un autre lit, pour une autre solitude.

La fille perd sa virginité. On en félicite le mari.

La famille est fondée. On attend les enfants. La femme s'occupe de son foyer. Elle prépare à manger. Une petite bonne pas chère (venue de la campagne) fait les travaux durs comme la lessive et le nettoyage. Le mari mange, rote et dort. Le soir, en sortant du travail, il retrouve ses copains (qu'il avait un peu abandonnés pendant le temps des fiançailles) au café, il lit le journal et discute du sport ou de la moralité des autres. Il rentre pour dîner et ressort souvent jouer aux cartes ou boire quelques bières avec d'autres copains. La nuit, quand il rentre chez lui, il réveille sa femme et lui déverse quelques gouttes de sperme entre les jambes. La femme rêve et peuple son lit d'images en couleur.

L'amour. C'est fini. C'est juste pour les fiançailles. L'amour, cette solitude.

4) Une moitié d'orange

Elle se remet au balcon et choisit l'homme qui passera sa main sur son corps dans le miroir… Mais ce corps ne va plus s'user dans l'attente et la solitude ; il touchera un autre corps dans l'amitié et sans miroir, le corps d'une autre.

Au lycée, il n'est pas question de mêler les garçons aux filles. Chaque sexe a sa propre cour de récréation. Ils peuvent à la rigueur se rencontrer dans une salle de bibliothèque, échanger quelques regards et repartir chacun de son côté. Les cafés ? Ce sont des lieux réservés aux hommes. Les quelques femmes qu'on y voit des fois sont soit des étrangères, soit des prostituées. Même la mosquée est réservée aux hommes. Les femmes peuvent y aller, mais elles n'ont pas le droit de prier (se prosterner) devant une rangée d'hommes. Vous imaginez le scandale que cela provoquerait : une femme qui en se prosternant éveillerait le désir de toute une rangée d'hommes en train de prier ! Ce n'est pas sérieux ! La plage ? Elles y vont avec toute la famille.

Elle ne rêve plus.

Elles se sont connues au hammam. L'obscurité qui règne dans ce lieu dispense les corps de couvrir la nudité.

Elle lui a offert une moitié d'orange. En retour, elle lui a donné un peu de son eau chaude. Elle lui a proposé de lui passer du rassoul dans le dos. Elle remplit ses mains de henné parfumé et lui dit : « Tiens, il vient de La Mecque. »

Elle sentait des frissons parcourir tout son être lorsque les doigts de rassoul glissaient lentement sur son dos. Quand elle eut fini, l'autre lui dit : « Cette fois, c'est mon tour : je vais passer le henné dans tes cheveux. »

Elles avaient toutes les deux une très belle chevelure. Le henné coulait au bas des reins pendant qu'elle lui peignait les cheveux.

Chacune passa du savon sur le corps de l'autre : la main sans gant de toilette gardait dans sa paume un morceau de savon et passait sur les épaules, sous les aisselles, entre les seins, entre les jambes.

En sortant du hammam, elles s'installèrent dans la chambre de repos (qui est aussi une salle d'attente) et burent une limonade glacée.

Elle lui écrivait des petits poèmes en arabe où elle lui disait : *tu es ma gazelle, mon diamant, ma joie.* Elle lui remettait discrètement, le jour même, une lettre où elle répondait à son poème : *j'aime ta chevelure, j'aime ta bouche, j'aime nos silences heureux.*

Elles se téléphonaient pendant des heures pour se dire des choses banales, pour s'entendre.

Cette amitié entre les filles a rapproché les deux familles, qui se connaissaient à peine. De temps en temps, les filles dormaient dans la même maison : chacune était tantôt hôte, tantôt invitée. Elles regardaient la télévision puis s'enfermaient dans la chambre. Elles se racontaient des histoires, jouaient aux devinettes, se déguisaient en voyante, jouaient aux amoureux et se faisaient des serments du genre « Jamais un homme ne touchera ma poitrine » ou « Jamais un homme ne m'approchera ». Elles apprenaient à détester les hommes, mais n'arrivaient pas à les mépriser. Elles s'échangeaient des parfums et des bijoux. Tout en se caressant le bout des seins, elles s'endormaient avec tendresse.

Elles se réveillaient heureuses et se racontaient leurs rêves.

5) *Il murmurait dans sa chevelure*

C'était la veille des vacances de printemps. Elle reçut une lettre folle et désespérée d'un camarade de classe. C'était une lettre d'amour. Un interminable poème d'amour naïf et tendre. Des vers rimés en arabe classique. Des vers libres en arabe dialectal. Des formules de politesse en français piquées dans *Le Parfait Secrétaire*. Des fleurs dessinées et, en bas de la feuille, une signature grandiose et bien sûr illisible.

Elle ne répondit pas. Une question d'orgueil et de fierté. Elle eut toutes les vacances pour réfléchir. A la rentrée, elle lui écrivit une petite lettre pour accepter son amitié, sans plus. Ils se voyaient tous les mercredis à la bibliothèque de la Mission universitaire et culturelle française de Tétouan. Il faut dire que ce centre, où des personnes de bonne volonté mettent à la disposition des lycéens et lycéennes de Tétouan les premiers témoignages de la déchirure, sous l'œil bienveillant (quelque peu vicieux) d'un monsieur dodu, est utile ne serait-ce que parce qu'il favorise la rencontre de quelques amoureux. Grâce à l'immunité reconnue au livre et à l'acquisition de la culture (et quelle culture!), les parents ne peuvent soupçonner que leurs filles puissent faire autre chose que lire ou emprunter des livres dans une bibliothèque, surtout si eux-mêmes vont prendre le soir des cours de français dans le même centre. Ils se retrouvaient donc dans la bibliothèque, entre les rayons « Philosophie » et «Romans français». Ils parlaient d'amour et d'amitié, adossés aux œuvres complètes du père Teilhard de Chardin, à quelques volumes de Bergson, aux essais de Renan, à quelques dialogues de Platon, aux essais de Lavelle, Gaston Berger, et à tout un rayon de livres sur la pensée humaniste et chrétienne... Le rayon d'en face est réservé à la bonne littérature française classique et contemporaine : des romans de Pierre

Loti, Anatole France, Maupassant, Fournier, Romains, Camus, Sartre, Guy des Cars (surtout Guy, qui, à lui tout seul, a un rayon qui s'étale sur deux mètres ; ses livres sont tellement demandés qu'on les trouve souvent en deux exemplaires : eh oui ! que ne ferait-on pas pour la culture !). Ils parlaient à voix basse. Il lui murmurait dans sa chevelure sa solitude, son espoir, sa tendresse. Elle baissait les yeux sans rien dire. Elle se sentait confuse. Elle devint toute rouge lorsqu'il lui dit : « Je voudrais voir ta poitrine. »

Cette année, il n'accompagna pas ses parents au moussem de Moulay Abdeslam. Resté seul à la maison, il put convaincre la fille de venir chez lui pour travailler ensemble au devoir de philo. Elle mit une djellaba, prit les livres de la bibliothèque et partit chez le garçon. Ils se mirent au travail en exposant chacun son point de vue sur le problème. Il lui prit la main et l'embrassa sur la bouche. Comme au cinéma, ils fermèrent les yeux. Lorsqu'il se mit sur elle, elle se crispa et essaya de le repousser. Elle serrait les jambes l'une contre l'autre et éclata en sanglots. Le garçon, qui avait éjaculé dans son pantalon, cachait de ses mains la tache de sperme qui apparaissait au niveau de la ceinture. Il avait honte. Elle aussi se sentait envahie par une sensation confuse de désir et de honte.

Ce fut son premier contact avec un garçon. A peine effleurée. Un baiser et quelques attouchements.

Pour dix dirhams, une prostituée de la Mçalla lui ouvrait ses jambes dans l'obscurité d'une chambre misérable. Il éjaculait assez rapidement et repartait en courant, trop déçu, trop dégoûté pour ne pas pleurer sa solitude. Pour dix dirhams, la femme ne se mettait pas toute nue. Il espérait toujours tomber sur une putain jeune et compréhensive qui l'aimerait un petit quart d'heure.

Il lui fit du thé à la menthe.

Ils se regardèrent en silence.

Elle lui prit la main et la passa sur sa poitrine.

9

La Méditerranée du cœur

Si d'un geste bref et précis il pouvait disparaître ! Un geste magique de la main qui accompagnerait le soleil qui se couche et tombe avec lenteur sur cette ligne vague de couleur et de tendresse. S'il pouvait effacer d'un trait de plume ou d'une phrase murmurée à l'oreille d'une vieille femme mourante cet horizon peint de teintes du crépuscule, s'il pouvait sortir indemne de son corps et aller marcher, les pieds nus, dans la petite forêt de son enfance !

L'horizon s'élevait comme un mur dressé sur un tas de ruines, le séparant du jour à venir. Le mur se déplaçait, s'ouvrant sur un champ de sable où étaient vautrés des centaines de corps de femmes nues, blondes, rousses, blanches, jeunes, ridées, grasses, laides, vieilles, assoiffées de sexe. Il fermait les yeux, et toutes ces femmes se levaient, lourdes ou légères, les bras tendus vers lui. Allaient-elles l'étriper ou l'avaler ? Il se savait dépossédé de son âme mais se croyait assez fort pour la reconquérir à n'importe quel moment. Corps dressé, érigé dans la nuit, sans tendresse. Il était ce corps destiné à l'insomnie des étrangères. Corps pris au soleil et au sel marin. Corps livré à cet amas de chair rose frappée de chaleur et de fièvre. A présent, elles se déplaçaient en bloc, avec lenteur, avec lourdeur, comme si elles suivaient la baguette d'un mauvais chef d'orchestre. Le vertige cette fois-ci le prit aux tripes. Il se leva, but un verre d'eau, avala une aspirine et s'assit par terre, les jambes croisées. Il entendit au loin une clameur assez vague. Des voix de femmes bavardant dans le hall de l'hôtel. Des bouffées de parfums mélangés envahirent la chambre. Il ne savait plus que faire pour arrêter la fièvre et la nausée.

Il était en retard pour son travail. En enfilant son maillot de bain, il jeta un regard rapide sur la mer. Une question d'habitude. Un maître nageur travaille par tous les temps. La mer était calme. Le soleil déjà chaud promettait une journée mémorable aux « gentils membres du Club ». C'était une journée à noter 9 sur 10 et à inscrire sur le tableau d'honneur du « Soleil permanent ».

C'est presque vrai ! *La mer a une patrie* et c'est la Tunisie. *La Méditerranée du cœur et le cœur de la Méditerranée !* Il regardait les affiches en les fixant longuement jusqu'au moment où la mer bleue et pure devint houleuse et verdâtre, où la petite barque de pêcheur, sereine et tranquille, devint un requin aux dents longues, avalant ces corps gras qui encombraient ses nuits. Il mit sa casquette de « gentil organisateur », s'efforça de sourire et ouvrit la porte de sa chambre après avoir déchiré un morceau de la belle affiche. Il s'arrêta un instant, prit un feutre noir qui traînait dans un coin et dessina sur le bleu de cette Méditerranée un énorme phallus. Sur le mot *cœur*, il mit une croix et écrivit au-dessus un mot qui correspondait plus à la vérité. Il relut la phrase et éclata de rire : *La Méditerranée du sexe et le sexe de la Méditerranée !* Il était content de ce petit détournement. Une toute petite vengeance. Il était un peu soulagé et se sentit même plus léger. L'aspirine a parfois des vertus insoupçonnables ! Idées claires et gestes audacieux. Certes, ce n'était pas grand-chose, mais il ne désespérait pas d'aller plus loin la prochaine fois. Après tout, il venait de réaliser que dix années d'une vie, jeune et solide, au service du Club et du bonheur furtif donné en prime à des corps venus du froid, méritaient bien quelques audaces.

Son père lui avait dit : « Toi, au moins, tu ne seras pas pêcheur. Toi, tu seras quelqu'un : tu auras un travail. Fonctionnaire du pays, un homme qu'on respecte, professeur par exemple. Pêcheur ? Jamais ! la pauvreté, ce n'est plus possible. » Il accompagnait souvent son père quand il sortait en mer avec d'autres pêcheurs. Il était encore bien jeune pour comprendre le processus de l'exploitation, mais il savait que ce n'était pas la vie dont il pouvait rêver.

L'été, il proposait ses services aux touristes. Guide, interprète ou porteur. Qu'importait la fonction. Le principal, c'était de gagner quelques sous. Ce gosse très brun aux grands yeux clairs attendrissait des groupes entiers de touristes. Il jouait au petit Arabe insolent et sympathique. Aux femmes, il offrait des petits bouquets de jasmin arrangés par sa sœur. Aux hommes, il vendait des bibelots et des cartes postales. Un jour, un Allemand l'attira au fond d'un bazar de tapis et lui mit la main à la braguette. Furieux, le gosse lui donna un coup de pied au tibia et prit la fuite, le laissant plié en deux. C'était une mauvaise journée. La police l'attrapa et l'accusa de vol. Voler un touriste dans un pays pauvre est le pire des délits! Comment expliquer à des policiers qu'un gosse pauvre n'est pas forcément un voleur?

A dix-huit ans, il était le G. O. le plus dynamique du Club. Ce fut une belle recrue : svelte, léger, beau et entièrement disponible. On lui donna une casquette de maître nageur et on lui fit comprendre que «nager» peut signifier aussi autre chose. Même s'il n'avait pas bien compris l'insinuation, le soir, on l'envoya porter une bouteille d'eau minérale à une dame d'un certain âge qui n'avait pas supporté le soleil. Elle le reçut dans son lit, à moitié nue, l'attira vers elle et poussa des râles entrecoupés de mots allemands. Il avait déjà fait l'amour à des touristes, mais jamais dans ces conditions. D'habitude, c'était lui qui prenait l'initiative. Là, ce n'était plus lui. Il était vexé. En sortant de chez la dame, il griffonna une phrase dans un carnet et alla se laver dans sa chambre : *Mardi : elle parle allemand, ses seins tombent et ses jambes sont lourdes. 2 sur 10!*

Le lendemain, le chef des G. O. lui dit : «La petite brune, là-bas, ne sait pas nager. Elle s'appelle Marie...» Elle n'était pas seule, mais son ami ne s'intéressait pas vraiment à elle. Ils s'embrassèrent dans l'eau et firent la sieste ensemble. *Mercredi : Marie est jolie. Des petits seins. Crie fort. 5 sur 10... Vendredi : elle m'a obligé à faire ça debout. Une bouche sans lèvres. 2 sur 10!...*

Ils étaient une dizaine de G. O. arabes à maintenir au niveau la forte réputation du Club. Certains d'entre eux se considéraient en service commandé et exécutaient toutes les tâches avec le sourire. Un métier comme un autre ! L'hiver, ils se retrouvaient entre eux, se montraient les lettres d'amour reçues de France, de Belgique, d'Allemagne, de Suisse... La nostalgie leur donnait la migraine.

L'hiver tombait lentement sur le pays cette année. La plage était couverte d'un linceul blanchâtre. Des pêcheurs pauvres la traversaient avec nonchalance. Le pays avait retrouvé ses rides au-delà des images et des mythes. Le cliché d'un pays aimé de la Méditerranée, d'un pays heureux et disponible, était mis en veilleuse.

Lui aussi arpentait les sables en attendant l'ouverture du Club. Il allait et venait à la recherche de quelque chose ou de quelqu'un. Il pensait à elle. Brune et mince. Les yeux noirs de l'enfance. La pudeur du geste. Le mot rare. La tendresse et le parfum de la terre natale. Il pensait et rêvait. Une fille du pays. Peut-être timide et innocente. Un poème arabe, un chant traditionnel. Il l'inventait chaque jour et lui tendait la main au moment du crépuscule. Il la raccompagnait chez elle, car il avait décidé qu'elle habiterait dans la médina, une maison modeste. Elle parlerait mal le français. Elle lui réciterait les poèmes d'Ahmed Chawki ou de Chabbi. Elle l'aimerait en cachette.

Son image l'habitait. Elle ne changeait pas beaucoup : des fois, elle disparaissait brutalement. Il devenait fou, fumait et buvait dans l'espoir de la retrouver.

Il allait la chercher jusqu'au labyrinthe de Sidi Bou Saïd. Il rentrait à pied en ville. Elle ne revenait jamais au moment où il s'y attendait. Elle débarquait souvent au milieu de la nuit, au milieu d'un rêve, en silence, sur un cheval ou à bicyclette. Il se réveillait heureux et se rendormait en souriant.

Les étés passaient et les femmes du Club se ressemblaient. Plus ou moins jeunes, plus ou moins grasses. Et lui, toujours actif, toujours viril. Il tenait son journal où il s'amusait à noter toutes ces femmes. A Mme X, il avait donné 10 sur 10, avec ce commentaire : *Parfaite. Agréable. Humaine. Elle m'a parlé. Je l'ai écoutée. Nous n'avons pas fait l'amour.* A Gertrude, il n'avait pas mis de note, seulement ce commentaire : *Elle ne doit pas aimer les hommes. Elle est montée sur moi et m'a pris pour une femmelette.* Ce commentaire sur Hélène, après un 8 sur 10 : *Elle doit être arabe. Elle ressemble tellement à la fille dont je rêve, mais elle aime trop le sexe.* Sur une autre page, cette phrase sans commentaire : *Patricia est un homme !*

Il avait accumulé un nombre incalculable de prénoms et de brèves aventures. A chaque fois qu'il se mettait à compter, une forte migraine le prenait. C'était le vertige. A présent, il en était à son dixième carnet. Un par été. Le calcul devenait plus simple. Il devait en être à la trois cent quarante-deuxième étrangère. Il n'en tirait aucune fierté. La nausée lui montait à la gorge. Trois cent quarante-deux étrangères et pas une seule femme de son pays. Il sentait qu'il n'avait plus prise sur son rêve. La fille arabe qu'il espérait rencontrer n'habitait plus son imagination. Il était blasé. Le Club fermait ses portes avec les premières pluies de septembre. Il fit sa valise. En partant, le chef des G. O. lui dit : « Ce fut une belle saison, n'est-ce pas ! Cette année, il y a eu pas mal de jeunes. A l'année prochaine. Fais attention cet hiver. Surtout fais gaffe aux putes. »

Il buvait une limonade au Café de Paris. Disponible et soulagé. Il regardait les consommateurs d'un air détaché. Des étudiants discutaient. Un gosse d'une dizaine d'années lui proposa des cartes postales. Il en acheta une sans la choisir. Sur le dos, il écrivit ces quelques mots : *Reviens. Je t'attends. Je suis libre. Reviens vite. La solitude me fait mal.* Il signa et l'adressa à *Zahra, la Tunisienne de mon rêve.* Il l'affranchit, la mit dans une boîte aux lettres et s'en alla flâner dans la médina. C'était sa bouteille à la mer. Il marchait lentement quand il *la* vit. C'était elle. Il la reconnut tout de suite, comme sous l'effet de quelque magie. Mince et brune. Il eut un choc. Il l'aborda en bredouillant quelques mots : « Zahra... où étais-tu ? Zahra... mon amour... non, excusez-moi... Zahra, je t'ai cherchée partout dans la nuit, dans le sommeil, dans les rues de mon enfance, de notre enfance... » Elle s'arrêta et lui dit : « Je ne m'appelle pas Zahra. Je m'appelle Khédija. » Ils firent quelques pas ensemble. Il réussit à la revoir. Khédija travaillait au Centre de l'artisanat tunisien.

Timide et tremblant, il était ému par sa voix. Il ne rêvait plus d'elle mais lui écrivait des lettres d'amour, des poèmes, des histoires. Amoureux. Il était amoureux pour la première fois de sa vie. A vingt-sept ans, il réagissait comme un adolescent sans expérience. Un soir, elle vint le voir chez lui. Il y avait de la folie et de la gaieté dans l'air. Ils s'embrassèrent longuement puis se déshabillèrent. Il la caressait avec beaucoup de douceur. Tout d'un coup, il fut pris de panique. Une émotion soudaine l'étouffait. Son corps devint froid. Il sentit comme une brûlure dans le sang. Tous ses membres fonctionnaient au ralenti. La honte. Comme un enfant, il sanglotait, la tête face au mur. Khédija essaya de le rassurer. Il lui baisa longuement les mains, s'enroula dans les draps en voilant son visage et s'écroula dans un profond silence.

10

La vie est pudique
comme un crime

Un ami lui avait dit : « Méfie-toi des mots ! » Mais les mots, c'était sa vie. Séduit par eux, il s'en servait à profusion pour séduire les autres. Elle les aimait aussi, mais de manière différente : précis, adéquats, justes. Elle fréquentait souvent le dictionnaire, le Littré plutôt que le Robert. C'était là la rigueur d'une étrangère qui s'attardait à la relecture de Shakespeare dans le texte. Elle aimait parler et rire tout en préservant l'ambiguïté d'une amitié et d'une présence. Lui aimait sa voix et ses éclats de rire. Il était fasciné par sa culture et ses gestes. Il l'écoutait et parlait peu. Il avait des choses à lui dire, même beaucoup de choses, mais préférait l'écouter et surtout la regarder parler. Il suivait discrètement les mouvements de ses mains. Des mains grandes, fines, décidées. Il imaginait la musique de ces mouvements et souriait en silence. Ses yeux débordaient de lumière et d'intelligence (il aimait dire « une intelligence victorienne »). Intimidé, il n'osait rien ajouter à ses phrases. Pourtant, quelque chose le gênait : pas le moindre faux mouvement ; ses mots étaient toujours bien choisis, toujours à leur place, imbriqués dans un ensemble impeccable. Une rigueur à toute épreuve, peut-être un peu sophistiquée, mais jamais exagérée.

Elle aimait lui téléphoner à n'importe quelle heure de la journée. Parfois elle l'appelait la nuit. Cela le flattait. Après, il était trop heureux pour se rendormir. Il se mettait à penser à elle et la voyait habiter ses rêves. Il osait à peine y croire, de peur de la déranger, de peur qu'elle ne s'en rende compte.

Un jour, il devait aller à un rendez-vous de travail. Il faisait beau. Il oublia de prendre l'autobus et marcha des heures dans les rues de Paris. Il était comblé et affolé, il la voyait partout : dans des silhouettes, sur des images. Il l'aperçut deux ou trois fois, le temps d'un éclair. Il ne put continuer sa promenade. Elle était partout. Alors il revint chez lui, s'enferma et prit un bain très chaud. Elle apparut dans le miroir de la salle de bains, enveloppée dans une belle fourrure. Il se leva. Elle disparut. Sur sa table de travail, un livre était ouvert à la page 106 (il y voyait le geste d'une pensée, les traces d'une main aimée qui avait sorti ce livre de la bibliothèque). Des vers étaient soulignés :

> Whether it is nobler in the mind to suffer
> *(est-il plus noble pour une âme de souffrir)*
> The slings and arrows of outrageous fortune
> *(les flèches et les coups d'un sort atroce)*
> Or to take arms against a sea of troubles,
> *(ou de s'armer contre le flot qui monte)*
> And by opposing end them ? To die, to sleep…
> *(et de lui faire front, et de l'arrêter ? Mourir, dormir…)*

Il relut ce passage à voix haute et se retira dans un sommeil léger. Quand elle l'appela au milieu de la nuit, il ne savait plus s'il dormait, s'il rêvait ou si elle était assise sur le bord du lit à le regarder et à lui dire : « Allez ! moque-toi de moi ! » Il aurait aimé se moquer d'elle, et lui dire que, même quand elle prenait son air sérieux, il était ému par ce visage et qu'il espérait la voir pour une fois trébucher, désemparée, tendre et fragile. C'est qu'elle était timide et avait des moyens de défense assez efficaces, probablement à la suite d'une analyse.

Un jour, il sentit que quelque chose avait changé. Les paroles étaient prononcées sur un ton vif. Une pointe d'agressivité. Peut-être était-elle agacée. Lui, riche de tant d'ambiguïté, ne savait plus que faire ni quoi dire. Certes, c'était une amitié, mais il désirait aller plus loin, mettre dans les mots ses sentiments, qui devenaient de plus en plus forts. Il était ému par cette femme comme rarement il l'avait été. Il était heureux et inquiet de l'être. Alors il décida de lui dire le bonheur et l'émotion qu'elle suscitait en lui. Elle eut de longs silences. Ceux de l'étonnement, ceux de la peur ou ceux de la distance ? Alors les mots l'envahirent. Tendres, poétiques, fous. Ils se bousculaient, se serraient sur le dos d'une carte postale, allaient et venaient, levaient le voile et la pierre. Il mettait tout dans les mots et ne laissait rien de côté.

Quand leurs corps se retrouvèrent dans les gestes de l'impatience et de la passion, il était émerveillé, étonné comme un enfant et déjà endeuillé. Tant d'émotions le mettaient soudain face à une certitude : le travail de deuil commence avec l'amour fou. Aimer sans se donner, se donner sans se perdre et mourir, était-ce possible ? Il n'allait tout de même pas laisser cette passion s'ouvrir au quotidien, au jour gris et quelconque ? Non. Une telle rencontre ne souffrait aucune altération. Pas la moindre fissure. Pas de fenêtre sur le monde. Il le savait mais n'osait trop le croire. Il se laissait abuser par la fougue de ses sentiments qui ne savaient plus où se poser. Il faut dire qu'ils avaient été rarement dérangés et, pour une fois qu'ils pouvaient se déchaîner, ils se cognaient un peu partout à l'intérieur de son corps. Alors il lui écrivait des lettres. Des mots taillés, ciselés, se voulant enchanteurs et dansants. Il parlait mal, prononçait mal les voyelles, bafouillait quand elle le faisait répéter une phrase, un mot. Il n'était pas vexé, mais reconnaissait que sa parole traversait mal certaines étapes de la journée. Il lui écrivait :

Je ne cesse de t'attendre, et aimer c'est attendre sans cesse, avec la passion de l'impatience. Quand je te rencontre je t'attends déjà, dans l'enchantement et le bonheur de la paresse. T'aimer en frôlant les mots et le sol. Dans la lueur laissée par le silence.

Etait-ce par pudeur qu'elle ne disait rien des lettres et billets reçus ? Etait-ce par peur de céder aux mots, à l'attente, à l'état d'amour ? Une fois, elle évoqua « un mot poétique » qu'elle aurait reçu... Il en rit et au lieu de se taire, au lieu de se retirer, il écrivit une autre lettre, courte mais affolante. Chaque mot allait se poser, telle une braise, sur sa peau. En fait, il continuait à brûler ses illusions, une à une :

L'envie forte et belle, l'émotion profonde de te voir. Le souvenir de ta voix dans cette nuit où les mots ont inversé le jour dans le regard par pudeur. J'écarte la douceur et les mots pour lire entre tes mains, entre tes yeux, ce que le silence a déposé.

Au bord hésitant du sommeil, une larme heureuse pour annoncer l'aube.

Ce matin de toi et cette journée où je vais sur la pointe de mes émotions vers toi, tel le funambule qu'une petite étoile étrangle de ses syllabes.

Ce fut la dernière lettre.

Depuis, il était sans nouvelles d'elle. Et pourtant ce n'était pas le genre de femme qui disparaissait. Sans quitter sa chambre, il entreprit de la rechercher. Il ne sortait plus et ne s'éloignait jamais du téléphone. Quand quelqu'un appelait, il abrégeait la conversation, prétextant qu'il était sur le point de partir, et promettait de rappeler. Il fit une fixation sur cet appareil qui organisait et tissait son angoisse. Quand il devait absolument sortir, il décrochait le combiné. Ça sonnerait occupé, signe d'existence et possibilité de rappel. Il lui téléphonait à des heures différentes. Pas de réponse. Cette absence prenait des proportions dramatiques. Plus il insistait, plus l'angoisse grandissait. C'était cela, être amoureux : être empêché ; être incapable de penser, de faire autre chose ; attendre le moindre signe, même le plus banal, le plus infime. Peut-être que son téléphone était en dérangement ; il appela les PTT et leur demanda de vérifier si le numéro en question était toujours attribué normalement. Tout était en règle.

Au dixième jour de silence, il décida d'aller chez elle. Il choisit l'heure où elle faisait dîner les enfants. Extrêmement gêné, il hésita longtemps avant de sonner à sa porte. Il pensait trouver, comme dans ces films américains, une vieille dame tout étonnée et qui lui dirait : « Mais, monsieur, je ne connais pas cette Mme A. Vous faites erreur. J'habite ici depuis trente-neuf ans... Vous vous êtes trompé... »

Il imagina un autre scénario : A. lui ouvrirait la porte, se jetterait dans ses bras, en larmes, et lui dirait : « Mais où as-tu disparu ? J'étais folle d'inquiétude. Ton téléphone ne répondait jamais et puis la concierge m'a dit que tu avais dû partir précipitamment à l'étranger... »

Non. Cela ne lui ressemblait absolument pas. Elle en larmes ? Non ! Il rêvait. Elle pourrait à la rigueur ouvrir la porte et lui dire : « Tiens, quelle surprise ! Ça va ? Tu as vu comment Lévi-Strauss parle de son voyage au Japon ? Ce pays me fascine. Il a su garder intactes sa culture et sa tradition. Tu veux boire un verre ? Ah ! je suis fatiguée. J'ai besoin d'un peu de calme, retrouver mon petit territoire, l'espace de ma solitude. Et toi, qu'est-ce que tu as fait aujourd'hui ?... »

Là, c'était tout à fait plausible. Alors il se lèverait et partirait à toute vitesse. Il pourrait, durant ses insomnies, lire les réflexions de Lévi-Strauss sur le Japon...

Il se dit : Peut-être qu'elle a déménagé... Non. Il y avait de la lumière et il entendait les enfants. Pas de doute. Des notes de la sonate pour piano de Schubert lui parvenaient. Elle aimait beaucoup l'interprétation de Brendel. Il sonna. Un des enfants ouvrit la porte et, sans le regarder, partit dans sa chambre en disant :

– Maman, c'est pour toi.

Elle arriva et dit :

– Oui, monsieur… Que désirez-vous ?

– Ce que je désire ? Mais tu…

– Excusez-moi, monsieur, je suis occupée. Je ne sais pas ce que vous voulez…

– Non, rien. Je vous demande pardon… Je ne suis pas d'ici ; je viens d'arriver d'un pays lointain… J'ai dû me tromper de rue… Le décalage horaire… Excusez…

Il partit, presque soulagé, avec l'impression d'avoir commis le crime parfait. Il ne lui restait plus qu'à effacer quelques traces et à brouiller définitivement certaines pistes. Elle était encore plus belle qu'avant. Sa voix le fascinait toujours. Il l'entendait encore en marchant sous une pluie fine. Le pays lointain était merveilleux, mais il ne pouvait plus y retourner. Un pays qui ne supporte que l'extrême abandon de la folie et de la mort. Il se disait : Je suis celui qui vient de si loin, de si loin…

En rentrant, il mit de l'ordre dans la maison, rangea les livres qu'une main avait ouverts, arrosa les plantes puis se mit à sa table de travail. Une lettre non fermée était posée en face de lui. Sur l'enveloppe, juste la lettre A. Il l'ouvrit et la lut :

A.,

Bien étrange, toute cette économie de gestes et d'amitié. T'avoir rencontrée fut, pour moi, ce qui m'est arrivé de plus merveilleux depuis longtemps.

Renoncer à cette rencontre, pour ne pas altérer quelque chose de beau et qui restera fort dans mes émotions, me paraît s'imposer avec quelque évidence tardive. L'ambi-

guïté, si chère, sera sauve, éloignée de l'oubli, élue dans l'absolu de l'illusion.

Il la relut. c'était bien son style, mais ce n'était pas son écriture. Il réfléchit un moment mais ne sut jamais qui avait écrit cette lettre ni à qui elle était adressée, ni qui l'avait déposée sur la table. Il possédait enfin les bribes d'une énigme qu'il espérait bien utiliser un jour dans un roman.

11

L'autre

Il aurait voulu être quelqu'un d'autre. C'était son obsession. Mais qui n'a pas eu un jour ce désir violent de changer de visage, d'avoir une autre mémoire et d'autres repères ? Seulement, lui, c'était tout le temps qu'il avait envie d'être un autre. Son corps l'encombrait. Son image l'ennuyait et sa voix l'énervait. Il aurait voulu pouvoir sortir de sa peau qu'il trouvait trop large et aller ailleurs. Enjamber son propre corps et s'évader sur des sables lointains. Etre un homme d'argile et de terre. Un corps qui s'effriterait. Aucune prise sur lui. Une ombre. Une absence. Un double. La passion du vide et du néant. Il rêvait à cet autre, insaisissable, indéfinissable. Il était loin de son rêve. A peine arrivé dans un lieu, il avait déjà envie de partir. Cela se voyait sur son visage. Il n'arrivait pas à dissimuler l'expression de cette passion qui le ravageait. Il était possédé par cet autre. Le reste du temps, il essayait de faire semblant. Semblant de vivre et d'aimer. Mais depuis que la femme qu'il aimait lui avait dit : « Tu es un homme coincé, et tu n'es pas drôle », il était décidé à faire quelque chose. Etre un autre

121

c'était facile : il suffisait de déclencher le processus adéquat pour une telle transformation. Il voudrait être drôle, léger, décontracté, souple, comme ces personnages qui traversent les films américains en dansant. Un funambule. Un chanteur de charme. Un bohémien. De la grâce et de l'art dans les gestes et les mots.

Etre drôle et surprenant ! Etonner les autres, les bousculer dans les retranchements du rire. Il était persuadé que l'autre était plus drôle que lui. Il le savait et c'était pour cela qu'il voulait s'en emparer. Mais comment arriver à être drôle quand on est un animal angoissé ? Il s'imposa une discipline et choisit une image précise prise en fait à cet autre. Perdre d'abord quelques kilos. S'habiller jeune et décontracté. Il fit quelques aménagements dans son studio : une chaîne hi-fi et un fauteuil très confortable pour écouter la musique. Il avait vu à la télévision une publicité où un jeune cadre décontracté s'enfonçait dans son fauteuil asiatique pour goûter les subtilités de la stéréo. Son habillement était soigneusement négligé. Juste ce qu'il fallait pour plaire. Il acheta des magazines de mode où posent des hommes sveltes et beaux. Il étudia leur allure. Sur ce plan, il était réellement décidé à se dénouer. Certains vont pour cela chez le psychanalyste, lui était allé chez le coiffeur. Il éprouvait des satisfactions le soir, mais était fatigué. Pas facile de changer ses gestes et habitudes. Il pensait souvent à Woody Allen. Il mettait de grosses lunettes de vue et l'imitait. Il riait tout seul. « Là, c'est encore quelqu'un d'autre, disait-il. Ce sera peut-être ma prochaine proie, l'ombre derrière laquelle je courrai... Etre drôle ! C'est difficile. Il faut que les autres m'aident, c'est-à-dire m'aiment un peu. En tout cas, il faut qu'elle m'aime. »

Elle, c'était une fille belle et disponible. Elle aimait bien ce mot qui voulait dire beaucoup de choses : libre, prête à l'aventure, la fantaisie, le jeu pour vaincre l'angoisse, pour détourner la déprime. Vivre l'instant avec intensité, sans être grave, sans laisser des empreintes trop visibles. Danser, boire, rire, laisser planer l'ambiguïté. Séduire. Vivre sans contrainte. Jouir. Aimer la vie dans un élan permanent tantôt de générosité, tantôt d'égoïsme raffiné.

Au début de leur relation, il lui disait qu'il était amoureux d'elle. Après, il lui avouait qu'il l'aimait. Cette nuance ne lui échappait point. Ensuite, il ne lui dit plus rien. Mais, en faisant l'amour, il lui parlait, nommait le corps et le désir. Les mots les excitaient beaucoup.

« Etre coincé et pas drôle ! » Il se contrôlait sans cesse. Il se savait observé. Quand il se retrouvait en bande, il découvrait sa grande misanthropie. Les gens ne l'intéressaient pas vraiment. Il mesurait ses gestes et mots. Il parlait peu. Il avait des choses à dire mais préférait se taire. Plutôt le silence que la gaffe ! Il réagissait peu ou pas du tout. Il ne se sentait pas concerné par le bavardage des uns et des autres. Il s'absentait, mais on ne le savait pas. Elle ne supportait pas d'être avec un homme qui ne réagissait pas, un homme maladroit refoulant la violence et l'agression des autres par le silence et une somme non négligeable d'indifférence. Comme il n'entrait pas dans la bagarre, elle lui en voulait et s'installait avec délectation dans le camp des autres. Elle aurait voulu l'admirer, être fière de lui. Il aurait voulu être cet autre, justement cet homme fort qui aurait du répondant, qui ne permettrait pas aux autres de le bousculer ou de le provoquer. Un homme présent, actif et qui n'hésite jamais face à une action ou une décision. Mais il n'était pas ce genre d'homme et n'avait aucune disposition pour le devenir un jour. Sa compagne en était persuadée et en souffrait. Ils passaient des nuits entières à parler pour essayer de comprendre. C'était presque un jeu. Lui n'était pas à l'aise. Fidèle à son angoisse et à son désir. Mais quelque chose les retenait. Ils étaient liés par une sensualité magnifique, un plaisir immense, attentif et toujours neuf. Leurs corps se transformaient, devenaient libres et intelligents.

Pas drôle et mou ! Il n'était pas gros, mais commençait à avoir un petit embonpoint. Ce devait être à cause du verre de whisky qu'il s'offrait tous les soirs quand il s'enfonçait dans son fauteuil oriental pour se mettre à l'aise. Non, il n'était jamais à l'aise. En fait, il n'aimait pas beaucoup boire. Jamais saoul. Les pieds sur terre. Il disait : « Je ne suis pas fou, moi ! » Et elle lui répondait : « C'est dommage ! » Etait-il capable de quelque folie ? Par amour, par passion ? Non ! Il avait repoussé tout excès et mis le délire ailleurs. Il était mou. Il suivait un régime alimentaire. Un peu pour maigrir, un peu pour éviter le diabète, une maladie répandue dans sa famille. Il se surveillait. Se préserver. Economiser ses élans et mesurer ses émotions. Voilà pourquoi il courait tout le temps derrière une image filante. Il recherchait une ombre où son corps viendrait se déposer et se reposer, où son visage pourrait enfin se décrisper. C'était cela la recherche de l'image perdue. Cette femme était arrivée dans sa vie comme un message envoyé par l'autre, cet éternel autre qu'il voulait être. Etait-ce un piège, une épreuve, une confrontation avec lui-même ? Avant, il était tranquille. Il vivait seul et s'enfonçait lentement dans un petit confort où personne ne le dérangeait et encore moins ne le remettait en question. Cette femme était arrivée pour le sauver ou pour l'achever. Elle n'en savait rien. Mais sa disponibilité pour le jeu, son charme inquiet, sa passion pour l'ambiguïté venaient perturber un homme plus préoccupé par l'imaginaire que par la volonté du réel. En fait, tout son être était versé dans l'imaginaire. Il était peintre. Lui parlait peu de son travail, dévoilait peu son univers. Il ne voulait pas encombrer son travail par son image, par son apparence. Il disait : « Je peins pour ne plus avoir de visage. » C'était vrai. Il ne désirait pas se mettre en avant de ce qu'il créait. Il restait derrière. Il s'absentait. Par pudeur et humilité. Elle refusait de voir sa peinture. Elle disait : « Je ne comprends rien à la peinture, encore moins à la poésie. » Il était scindé en deux : d'un côté le créateur, l'artiste reconnu, et, de l'autre, l'homme, l'individu séparé de son monde intérieur, séparé de son espace fantasmatique. Parfois il essayait de lui expliquer l'importance de la dimension qui lui échappait. Elle reconnaissait son tort mais s'obstinait dans son refus. Etait-il blessé par cette absence, par cette égratignure narcissique ? Un peu. Il était même content, car il la soupçonnait d'aimer l'autre en lui. Cette idée le rendait heureux. Il y avait là matière

pour devenir drôle et dénoué. Donc elle aimait l'autre.
Par conséquent, elle était en avance sur lui ! Elle était
déjà en compagnie de l'autre, elle devait beaucoup
s'amuser, alors ! D'où le décalage et l'incompréhen-
sion ! L'autre devait être heureux, très heureux même.
Aimé sans orage par l'ambiguïté raffinée. C'était cela
le jeu, la provocation soudaine et cinglante.

Il descendit, à pied et en courant, les quinze étages
de son immeuble. Il était ainsi pris de vertige. Il
tournoyait et sa propre image se dédoublait dans le
miroir du hall d'entrée. Fou, il dansait, sautillait
comme un adolescent. Il était devenu si léger, si frêle,
presque une image. Il était drôle parce qu'il changeait
toutes les minutes de couleur. C'était comme un petit
astre tombé du ciel, brillant, étincelant et musical. Les
images se succédaient à grande vitesse dans le miroir.
Il tendit la main et en attrapa une. Il ne la lâcha plus.
Son corps, haletant et vif, épousa lentement les formes
de cette image. La métamorphose physique eut lieu
en quelques secondes, mais elle était précédée de plusieurs mois de préparation et de scènes de provocation. Il se dit : C'est facile de changer, il suffit d'être
amoureux, très amoureux de quelqu'un qu'on aurait
chargé de cette besogne ! Une voix intérieure lui
répétait : « Sache qu'on ne change jamais. Tout changement n'est qu'une apparence, une illusion faite
pour calmer des gens fous de prétention ! L'être ne
change jamais. L'être n'a qu'une seule solution : per-
sévérer dans son être. »
   A présent qu'il était devenu cet autre tant rêvé, il
ne désespérait pas de piéger son amie : ce sera l'autre

126

qu'elle aimera, l'artiste angoissé, à l'âme criblée de doute et d'indécision. Quant à lui, il les rejoindra un jour, quand la lumière sera belle et le ciel émouvant.

12

Aïda-Pétra

« Raconte-moi une histoire ou je te quitte », lui a-t-elle dit, comme pour en finir avec un conflit vieux de quelques années. Il a eu tort de ne pas la prendre au sérieux. Il s'est dit : Elle n'osera jamais aller jusqu'au bout de son défi... Elle qui ne termine même pas ses phrases. Il a eu tort parce que, pour une fois, elle a appliqué à la lettre sa menace. Pour se rassurer, il s'est mis à faire de l'humour : Heureusement qu'on n'est pas dans *Les Mille et Une Nuits* ! elle m'aurait dit, comme le prince sanguinaire : « Raconte-moi une histoire ou je te tue ! » Elle est partie changer d'air, voir des amis, peut-être voir sa mère, mais elle reviendra, je la connais, dans deux jours elle ouvrira la porte sans faire de bruit, ce sera à l'aube, elle se déshabillera et se glissera dans le lit puis viendra se coller contre moi pour se faire pardonner sa fugue...

Il a attendu longtemps ce moment. Elle n'est pas revenue. Alors il s'est mis à écrire une histoire en espérant la lui lire un jour. Il a quitté la maison, a vécu quelque temps dans une chambre d'hôtel, puis il est parti dans un pays où rien ne devait en principe raviver ses souvenirs. Il a pensé qu'avec la distance les problèmes prendraient leur véritable dimension. Il a cru qu'en allant dans le désert de Jordanie, en faisant une halte à Pétra, son chagrin se dissoudrait dans les sables.

Dès qu'il est arrivé à Pétra il s'est mis à marcher seul, sans guide, respirant la poussière, se laissant aller à des rêveries étranges. Il s'imaginait en statue aveugle marchant les bras tendus pendant que des enfants versaient des gobelets d'eau sur elle. Il se voyait, pierre parmi les pierres, immobile mais changeant de couleur selon la lumière. Un passant lui proposa un chapeau et une bouteille d'eau. Il ne faisait pas chaud, mais la poussière avalée avait besoin d'eau pour passer. C'était la fin de l'après-midi. Les touristes japonais rentraient à cheval, guidés par des enfants à la peau tannée par le soleil. Il les regardait à peine et continuait à marcher en fixant des dalles par terre. Il entendit un guide expliquer en anglais puis en français à quoi servaient ces dalles : « L'ancienne route des Nabatéens puis des Romains était là... Nous sommes à deux mètres en dessous du niveau d'il y a deux mille cinq cents ans ! » Il répéta intérieurement ce chiffre, puis pensa au Nabatéen amoureux. Si être amoureux c'est souffrir, se dit-il, le Nabatéen, prince ou berger, roi ou vagabond, a dû connaître la douleur et confier sa tristesse et son chagrin à ces rocs qui ont figé ses larmes. Cette pensée le fit s'arrêter. Il s'épongea le front et la nuque, s'approcha de l'ancienne route, passa la main sur la pierre, puis vit des visages d'enfants et de jeunes femmes passer d'une niche funéraire à une autre. Il ferma les yeux et ces visages disparurent.

Encore une vision, se dit-il. Il n'y prêta pas attention et continua sa marche. Assise sur un tabouret, une très vieille femme, toute de noir vêtue, les yeux brillants, chassait les mouches avec lenteur tout en lançant aux passants : «Venez, approchez, je vends du sable, je vends du temps, je donne en prime quelques grammes de patience, j'écris sur votre ombre les grandes lignes de votre destin, j'achète aussi le vent, la poussière et la santé... Venez, je suis d'un autre siècle, je suis d'une autre argile, je ne veux pas d'argent, juste une pincée de sel et quelques brins de safran... »

Il leva les yeux et aperçut un bout de ciel très bleu, sculpté par les roches. Il eut le vertige, car ce n'était pas le ciel qui passait, mais les têtes des rochers qui bougeaient comme dans un théâtre d'ombres. Il voulut s'asseoir un moment mais les chevaux levaient beaucoup trop de poussière tout en laissant tomber des crottes fumantes. Il aimait passer sa main sur la pierre. La sensation de s'écorcher un peu l'aidait à se détacher des pensées qui lui faisaient mal. Quand il arriva à la fin du sîq, il fut accueilli par le vent frais qui le rendit à lui-même. Tout son corps fut parcouru par cette brise qui lui donna des frissons. Plus il avançait, moins il pensait à Aïda. Cependant, quand il se trouva en face du Trésor, il fut pris de panique : le visage d'Aïda, avec ses grands yeux noirs, son petit nez et sa bouche pulpeuse, avec son sourire ironique et sa chevelure épaisse, s'interposait entre lui et la tombe monumentale. Les statues ciselées par le vent n'avaient plus de tête. Elles avaient été décapitées par le temps. En plissant les yeux, il vit la tête d'Aïda se poser sur chacune d'elles. Le temps, le vent et le sable

avaient fait un beau travail : ils avaient effacé les visages,
rendant ainsi les sculptures libres de prendre les traits
de l'éternité, du silence profond et cruel. Le seul
moyen de ne plus voir le visage d'Aïda était d'entrer à
l'intérieur du monument. Il y pénétra à tâtons, comme
un aveugle tendant sa canne à la recherche d'un objet.
Les rois avaient tout déménagé. La demeure était
désespérément vide. Il y faisait froid. Il se mit dans
l'angle le plus obscur, se prit la tête entre les mains
et pleura en silence. Les visiteurs passaient sans le
voir. Il faisait partie de la pierre rouge. Il s'était
confondu avec la roche. Il n'était plus là. Ses larmes
coulaient comme l'humidité sur le mur. Il ne savait
pas qu'un jour il pleurerait d'émotion dans la tombe
d'Arétas III, roi nabatéen, témoin tardif d'un amour
brisé et d'une passion meurtrie. Il pensait au courage
de ces Arabes nomades qui creusèrent dans le roc les
signes de l'éternité, celle qui donna asile au temps et
fit de leur mémoire un ciel immobile, une énigme
et un trésor inaccessible. De son sac il sortit la bouteille d'eau Kawthar et but ; une partie de cette eau
coula sur son menton, son cou et sa poitrine. Il entendit la voix voilée d'Aïda qui chantait une mélodie
monotone du Sud marocain où la nostalgie est brisée
par une violence sèche. Il sourit, se leva, caressa à
nouveau la roche et retourna au dernier tronçon du
sîq. Il avança, les yeux grands ouverts, et découvrit
le Trésor dans sa beauté brutale, dans son immensité
inquiétante, dans son silence éternel. Comme tout le
monde il recula, balbutia des mots incompréhensibles, des mots éblouis, des syllabes tombant comme
des cailloux dans un ravin, des morceaux d'images

qui butaient contre la multitude des couleurs que prenait la roche, des bouts de rêves qui chutaient dans un lac d'eau morte, des larmes ravalées, des prières à peine pensées, un poème déchiqueté par la violence de cette vision, un souffle retenu, une cascade de souvenirs perdant leur lumière, une statue de marbre marchant sur le sable, une colombe égarée se cognant contre les divinités nabatéennes, un cheval ailé captif entre deux obélisques, un Bédouin nabot guidant un troupeau de dromadaires la gueule muselée, un enfant distribuant aux passants des flacons de sable de toutes les couleurs, un papillon sur le dos d'un lézard, une ruche d'abeilles piétinée, un peu de vent du Sud, une poignée de sable dans la bouche et un immense besoin de solitude.

Il fit plusieurs fois un geste de la main pour chasser toutes ces images. Aïda lui manquait. Il avait envie de crier. Il se dit qu'il le ferait une fois au sommet du Haut Lieu. Là, surplombant les tombes royales, assis sur l'aire du sacrifice, tout près du ciel, il pousserait le cri des profondeurs, celui qui le libérerait de toutes ses angoisses, de ses obsessions et peut-être même de ses blessures.

Il se mit à escalader le rocher. Il ne pensait à rien. Il transpirait. En regardant au loin, il aperçut Qasr al-Bint, le château de la Princesse. Il crut que c'était la maison du gardien du musée. De loin, tout lui paraissait petit. Sur le chemin il rencontra une femme bédouine qui lui proposa une bouteille de Pepsi-Cola. Il but. Elle n'était pas fraîche. Lui qui n'était pas sportif se découvrait des capacités d'alpiniste ; il se promit qu'en rentrant chez lui il se mettrait à pratiquer un

sport, n'importe lequel, juste pour se maintenir en
forme, pour continuer à plaire et à séduire. Là, comme
une brûlure, il se sentait submergé par des souvenirs
désastreux. Il s'arrêta, essoufflé, cracha par terre.
Il remarqua que sa salive était mélangée d'un peu de
sang. Ses gencives saignaient souvent. Il recracha ; sa
salive était cette fois-ci blanchâtre. Il se dit qu'il fallait
cesser de fumer. Si Aïda le lui demandait, il arrêterait.
Mais Aïda était ailleurs, peut-être en un autre temps.
Arrivé au sommet, il se coucha sur le dos, au milieu
de la plate-forme centrale, entourée de banquettes.
Le soleil tapait fort ; il ne le supportait plus. Il descendit dans le bassin et s'y coucha du côté de l'ombre.
Un silence effrayant régnait sur ces hauteurs. Il entendit battre son cœur. Le sang des animaux devait couler dans ce bassin, trop grand pour être une tombe.
Il pensa à la mort, simplement, sans peur ni grandilo-
quence. Il se souvint de l'enterrement de son père, un
vendredi de septembre. Il était allé la veille choisir
l'emplacement de la tombe. Il tenait à l'arbre et à son
ombre ; il pensait plus à lui qu'à son père. Il s'était
dit : Mieux vaut de l'ombre pour les visiteurs... quant
au mort, il n'en a que faire ! Il avait même osé dire
cela à la famille, qui trouva ces propos inconvenants.
Il tenait ce genre d'audace du tempérament d'Aïda...
Elle a toujours dit brutalement les choses. Et cette
violence l'a toujours dérangé... Aïda ne connaît ni le
répit ni le pardon. Elle veut la vérité. Il n'a pas pu ou
su la lui dire. Elle l'a quitté. Au-dessus du bassin une
Japonaise se faisait photographier. En reculant un
peu elle tomba sur lui. La Japonaise se confondit en
excuses. Lui riait. C'était la première fois de la journée

qu'il riait. C'était drôle ; en se relevant il frôla ses seins. Ils étaient petits et durs. Cela lui rappela la première fois qu'il avait embrassé les seins d'Aïda. Elle tremblait d'émotion, et lui, à genoux, passait sa langue sur son ventre. Lui aussi tremblait. Pour elle, c'était la première fois qu'elle se donnait à un homme. Lui ne se souvenait plus de la première fois où il avait fait l'amour. Assis sur l'une des banquettes, il admirait le monument au lion, un lion sans tête taillé dans le rocher plus par le vent que par la main humaine. Il se mit à remonter le temps dans l'espoir de retrouver le visage de la première femme qui lui avait ouvert les bras. Peine perdue. Il se rappela vaguement d'une domestique aux gros seins qui avait failli un jour l'étouffer en le serrant contre elle. C'était à Fès, dans une vieille maison de la médina, une maison aussi vieille que ce roc, aussi impensable que ce lion qui faisait passer l'eau par ses entrailles et la rendait par la bouche comme s'il était une fontaine.

Curieusement, plus la distance entre lui et Paris était grande, plus il ressentait vivement la tension qu'il était censé fuir. Aïda était partout. Elle occupait tous les espaces, toutes les images, tous les instants de cette fuite. Il comprit que ce n'était pas une question d'éloignement. On dit bien « changer d'air », mais dans son cas cela ne voulait rien dire et surtout n'avait aucun effet sur son état. Bien au contraire, plus il était ébloui, émerveillé par tant de force et de beauté à Pétra, plus son amour pour Aïda prenait des proportions grandioses. Alors il décida de descendre lentement et de confier sa détresse à l'érosion de la roche. Il espérait atteindre toutes les couleurs que la roche offre à l'œil à différents moments de la journée. Il voyait sa passion passer du rouge vif au rouge orangé, du jaune au vert, du rose mauve au rose rouille, du beige au blanc, cette blancheur étrange, impure et tremblante, où le gris devient bleu dans le reflet de la lumière du couchant. Ah, si la passion pouvait émigrer d'un état à un autre, parce que le désert serait son destin et l'eau sa nécessité !

Mais la passion restait inachevée, inaccomplie, telle une chambre funéraire abandonnée aux vents.

Il s'est souvenu qu'il a oublié de pousser un grand cri. Il s'est arrêté en apercevant le théâtre. Un groupe de touristes italiens l'entoura, avec, à sa tête, une petite femme dynamique qui agitait une pancarte sur laquelle était écrit *Viaggi de l'Elefante*. Il entendit la femme expliquer à des personnes essoufflées par l'escalade combien ce théâtre était important dans la ville de Pétra : « Creusé dans la roche par les Nabatéens au début de l'ère chrétienne, il sera restauré par nos ancêtres les Romains vers l'an 108 après Jésus-Christ. Malheureusement et malgré les fortifications romaines, le tremblement de terre de l'an 383 le rendra inutilisable... » Il renonça définitivement à pousser son cri et continua sa descente en repensant aux Italiens qui souffraient pour admirer les prouesses des Nabatéens et des Romains.

De nouveau il se mit en face du Trésor et se sentit tout petit. Ses oreilles se mirent à bourdonner ; il perdit soudain l'équilibre et tomba. Un Bédouin se précipita pour l'aider à se relever. Même sur pied, il avait toujours le vertige. Le Bédouin était un homme d'au moins soixante-dix ans. Le visage émacié, la

peau cuivrée, le regard profond, les yeux très noirs et
une dentition tout en or qui donnait au sourire de
cet homme une jeunesse étrange. Sec et énergique, il
lui prit le bras et le conduisit à sa tente, à une centaine
de mètres de là. Il le coucha et lui offrit une limonade
en lui disant : « Coca-Cola arrive le mois prochain ! »
Il but et se sentit mieux. La femme du Bédouin lui
posa beaucoup de questions : « D'où viens-tu ? Es-tu
marié ? Combien d'enfants as-tu ? As-tu une voiture ?
Bois-tu de l'alcool ? Quel est ton travail ? As-tu aimé
Pétra ? Est-ce la première fois ? Quel âge as-tu ? Pourquoi tes dents ne sont pas en or ? Aimerais-tu habiter
dans une grotte ? Combien de femmes as-tu ? Es-tu
allé à La Mecque ? Aimes-tu la couleur de la roche
au moment du coucher du soleil ? Veux-tu rester ici,
avec nous ? Veux-tu un chameau ou un cheval ? Je te
fais du thé, tu le bois, tu dors et tu feras un rêve extraordinaire ! »

Elle ne l'a laissé répondre à aucune de ces questions.
Lui, la regardait. Hébété et en même temps reconnaissant. Comme par magie, il s'endormit presque
immédiatement et sentit sur sa peau un léger vent
frais. Il est bien, redevenu enfant, la tête posée sur
le genou de sa mère qui cherche les poux dans ses
cheveux. Il se vit en haut du théâtre, seul, une nuit de
demi-lune. Il descendit les gradins avec lenteur. Sur
la scène, Aïda, belle et lumineuse, dansait dans une
robe de mousseline bleue ; quand il arriva à la scène,
elle le frôla avec un pan de sa robe et disparut dans
une des tombes romaines. Il fit le geste de l'enlacer
et de la retenir. Il eut l'impression que le vent avait
fait le vide dans sa tête et qu'il en avait expulsé tout ce

qui le faisait vivre et réagir. La tête baissée, il remonta les gradins, s'assit au bord du dernier et appela à l'aide son petit frère, mort très jeune et promu ange du paradis. L'ange vint ; il descendit d'un hélicoptère de l'armée et l'emporta de l'autre côté du théâtre, au mont Khubtha, où il le déposa comme si c'était un paquet. De là, il voyait parfaitement le théâtre. Il était perdu et n'avait pas peur. Il s'adossa à une pierre et admira un ciel légèrement contrarié. Il resta ainsi jusqu'à l'aube, jusqu'au moment où Kamal, le guide, le réveilla en lui offrant une bouteille d'eau.

En haut du mont Khubtha, il se savait cerné par les rocs et leur mystère. Creusés par la folie des hommes ou par les rêves du temps, ils se dressent là, proches et inaccessibles, à portée de la main et à perte de vue. Il eut le sentiment de la fin. Kamal avait disparu. Il n'y avait pas de chemin pour descendre. Un oiseau gris le survola en poussant un cri. Il eut froid. Des gouttes de sueur perlaient à son front. Il tremblait. Tout son corps était secoué. Alors, c'était cela la fin. Il trouvait que c'était trop tôt et injuste. Mais il n'y pouvait rien. Le ciel était blanc. L'air devenait irrespirable. Des nuages s'accumulaient. Un premier coup de tonnerre fit bouger la dalle sur laquelle il était assis. Un second la fit glisser légèrement. Il s'y accrocha comme un naufragé sur un radeau. La dalle glissa de plus en plus. Elle avançait comme si elle était montée sur des roulettes. L'oiseau gris devint noir. Il revint le narguer. Il cracha sur lui une crotte verdâtre. La dalle poursuivit sa chute en se cognant contre d'autres pierres. Certaines, délogées, se mirent à dégringoler. Il aperçut un groupe de visiteurs en train de courir.

Accroché de toutes ses forces, il atterrit en douceur sur une pointe avancée de rocher. Pas une âme qui vive dans les environs. Il se demanda quelle était l'origine des Nabatéens. D'où ils venaient et pour quelle raison ils n'existaient plus. Il était persuadé qu'ils avaient été envoyés juste pour creuser la roche dure des palais inhabitables et des rêves incommensurables. Ensuite, ils avaient dû repartir vers des horizons obscurs. C'était donc cela, Pétra : l'intransigeance de la pierre et le délire d'hommes venus d'une planète voisine, innommée, proposer aux siècles et aux hommes un miracle éternel et à jamais achevé.

A présent, il avait tout le temps pour lire les livres des archéologues. Dans sa chute il perdit un peu de ses cheveux et vieillit de quelques années. Il leva les yeux vers le ciel. Le mont Khubtha lui apparut comme une écriture coufique sur une page bleue. Il crut y reconnaître des figures que les nuages de Fès dessinaient quand il était enfant : un cheikh au menton pointu, une main tendue avec six doigts, d'immenses seins pleins de trous, un chameau couché sur le côté, une panthère sans tête, un coq surmontant le crâne d'un magicien borgne, une étoile en fuite, un arbre à l'envers, une chèvre suspendue par la patte gauche, une boule de neige toute seule…

Autour de lui, il n'y avait que des tombes. Le tombeau corinthien donnait sur la tombe du Palais. Une voix lui recommanda d'aller un peu plus loin se recueillir sur la Tombe inachevée. Il prit la rue à portique, fit un signe aux lions ailés, marcha en leur tournant le dos jusqu'à se trouver face à la Grande Tombe inachevée. Il s'agenouilla, se prosterna. Il resta un moment le front dans le sable et se sentit ridicule.

Il comprit que, dans ce lieu, tout était sous le signe de l'inachevé : les palais, les tombes, la vie, les rêves, et même le regard du visiteur. Son histoire ne pouvait y trouver l'apaisement dont il avait besoin. Ces rocs étaient indifférents au monde depuis plus de deux mille cinq cents ans. Fasciné, ébloui, abasourdi, il se sentait devenir petit. Comment se mesurer à cette éternité faite de pierres entremêlées dans un dessein plus mythique que réel ? Non seulement il n'avait plus de cheveux mais il perdit quelques centimètres de sa taille.

Son histoire avec Aïda, ses démêlés avec des sentiments complexes, ses angoisses qui lui procuraient insomnies et migraines devaient retrouver leur place. Son histoire n'avait rien à faire à Pétra. Après avoir passé trois nuits sans sommeil, luttant vainement contre un mal de tête qui, telle une aiguille rouillée, montait de la vertèbre cervicale, creusait un sillon derrière l'oreille, puis irradiait la douleur dans le front et dans les tempes, il comprit qu'il avait pris le chemin du désert pour souffrir et payer, comme s'il était chrétien, les moments d'égarement qu'il aurait pu avoir.

Le matin, il fit ses bagages et partit pour Amman en passant par la route des Rois. Il sentait qu'il devait mettre fin à cette visite, l'inscrire dans l'inachevé. Partir vite, sans se retourner, et garder en tête le reflet d'un éblouissement suspendu et inépuisable. Pétra vivrait dans son corps comme une émotion venue d'une autre planète. Partir, digérer, mettre de l'ordre dans toutes ces images, mettre de côté ce qui relevait de son histoire personnelle, le séparer des pierres rouges, et se préparer à revenir.

Mais cette fois-ci il ne viendra pas seul. Il viendra avec Aïda, qu'il apprendra à aimer. Il prendra des cours du soir chez un psychologue qui l'aidera à être lui-même et qui pourra redonner à cet amour la force paisible de la durée, un peu comme ces pierres et ces roches agencées par les hommes et par le temps savent dire des siècles d'histoire. Leur amour dira lui aussi des siècles d'amour à ceux qui s'arrêteront devant une stèle de marbre où sera écrit :

Ta destinée comme l'ombre du palmier partout te devance
elle est ton chemin et l'empreinte de tes pas
où que tu ailles elle te cerne
miroir posé sur le sable de tes pensées

13

L'amour à Paris

Dès qu'approche le printemps, « cette époque déli-
cate pour les belles fleurs », dès que le froid s'éloigne,
dès que le corps sent les premières caresses du soleil,
les femmes de Paris descendent dans la rue. Ni retenue ni fausse modestie. Intelligentes, avec une petite
touche de fragilité apparente, dominée. Elles n'ont
plus besoin de discours et de slogans vengeurs. Le
féminisme a gagné. Au Parlement et même dans les
mentalités. Elles s'affichent et sont fières d'être là,
belles, libres, à la pointe avancée de la mode, avec un
appétit qui intimide ou trouble les séducteurs les plus
acharnés. Paris, plus que toute autre capitale euro-
péenne, est leur royaume, leur fief, le territoire de tous
les désirs. La lumière de cette ville, surtout à certains
moments de la journée, les rend encore plus belles, et
aussi plus mystérieuses, ce qui ne gâche rien. Qu'elles
soient grandes ou petites, brunes ou blondes, riches ou
modestes, nées ici ou venues d'une autre durée, elles
avancent, sûres d'elles-mêmes, avec, dans le regard,
pour celui qui sait lire, des allusions à l'amour et au
chagrin. Elles ne sont peut-être pas dominatrices mais

ne répugnent pas à l'être quand leur intelligence est bousculée.

L'homme qui fait ce constat commence à avoir peur. Il est persuadé que les femmes de cette fin de siècle ont décidé sa perte. En fait, il ne pense pas à sa propre perte, mais à celle de tous les hommes dont l'amour des femmes est devenu peu à peu une faiblesse les mettant quotidiennement à rude épreuve. Il se confie à un ami, qui se réjouit de découvrir qu'il n'est pas seul à mener un combat perdu d'avance. Le seul problème sérieux de sa vie ce n'est ni le suicide ni la mort, c'est comment aimer les femmes. Il ne comprend rien à leur grammaire – pour lui, c'est une langue étrangère – et s'entête à poursuivre sa quête.

Le problème du séducteur c'est de savoir s'adapter. L'époque évolue vite ; les mœurs changent et les femmes n'abandonnent rien de leur exigence. Il a pensé un certain moment que le spectre du sida allait retenir sa fougue ou du moins ralentir le rythme de ses conquêtes. Muni d'un paquet de préservatifs, il se sent rassuré et disponible. Il sait que les femmes sur ce plan sont intransigeantes. Ce qui souvent a eu pour effet de malmener son désir. L'érotisme perd de sa fantaisie quand des problèmes de sécurité surgissent dans la discussion. De la beauté on chavire vers la peur, l'angoisse et la mort. Une première rencontre sacrifie ainsi l'érotisme à la mise au point nécessaire devant la menace. N'empêche ! Les femmes n'ont rien perdu de leur arrogance – élément comportant sa part d'érotisme –, et c'est avec cette intelligence aiguë qu'elles mènent une bataille de tous les instants pour que l'amour l'emporte sur les acrobaties sexuelles. Il a mis longtemps avant de comprendre cela.

Vivant en concubinage avec une belle métisse, il suit le conseil de Stendhal, qui dit qu'il vaut mieux voir peu la femme aimée et boire du champagne en bonne compagnie. Il soupçonne les femmes d'inconstance. Le pauvre ! Il lui arrive cependant de se tromper de compagnie. Pour le moment, il préfère rêver. Il a même peur de rester prisonnier de ce genre de rêve. Il sait que c'est agréable mais il oublie que c'est aussi un piège. Il la voit grande, plus grande que lui ; elle arrive sans se presser, précédée d'un rayon de soleil ; elle porte une jupe noire très serrée et courte ; elle peut se le permettre parce que ses jambes sont superbes. Elle marche avec l'élégance mesurée mais au fond naturelle de quelqu'un qui flâne pour le plaisir. Elle porte une veste cintrée. Son tour de taille est à la mesure de ses mains. Il passe les doigts dans la chevelure rebelle de la femme. Sous la veste rouge, un rouge discret, les seins sont libres. En se penchant un peu, on peut apercevoir leurs pointes. Autour du cou et sur les épaules, une immense écharpe en cachemire, qui, lorsqu'elle la lance sur l'épaule, soulève un petit vent qui vient narguer les regards des hommes. Elle passe à côté de lui et ne le voit pas. Il lui donne un nom : Perfidie. C'est le nom d'un parfum qu'il rêve un jour d'inventer. Perfidie, ce n'est pas méchant ; ce n'est même pas pervers. Juste un clin d'œil où le sens des mots est pris en traître. Elle s'éloigne. Il la voit de dos. Ses fesses sont parfaites sous cette jupe serrée. Bien sûr il la déshabille. Elle le gifle. Il tombe à ses pieds ; elle le repousse ; il se relève et s'en veut, comme d'habitude. En se regardant dans le miroir, il découvre qu'elle l'a griffé. Sur le doigt il a un peu de sang. Il le suce. Et il éclate de rire.

Celle qui vient de s'asseoir en face est bien en chair. Elle a de grands yeux noirs, une expression de tragédienne échappée d'un théâtre, une bouche pulpeuse, de gros seins. Il se dit : Elle est lourde, puis se met à regarder ailleurs. En buvant son thé, elle pose ses yeux sur une ligne lointaine. Il se dit : Elle n'est pas là. Elle se lève pour aller téléphoner. Il tend l'oreille. Ce qu'il entend ne le rassure pas. Elle parle avec un accent italien et jure de se venger. Elle mêle les mots tendres avec les gros mots, du genre : « Je t'aime, mon amour, et je t'arracherai les couilles si je te surprends encore à... » Quand elle revient, il remarque qu'elle pleure. Le Rimmel coule sur ses joues. Elle lui rappelle une amie qui ne s'épanouit que dans le drame. Elle s'appelle Marphysa. Il a peur qu'elle vienne à sa table. Il sent qu'elle en est capable. Il règle à toute vitesse la note et quitte le café en catastrophe.

Elle a dix-huit ans, porte le nom d'une déesse et n'aime que les hommes de quarante ans. Elle sonne à sa porte et lui réclame du feu. Sa poitrine abondante et ferme impressionne. Ses yeux vert gris le troublent. Ses cheveux coupés au carré à la Louise Brooks l'attirent. Il a une envie brutale de les caresser. Il se dit qu'elle n'est pas du genre à se laisser faire. Elle a plutôt besoin d'amour, un roman avec des drames, des surprises et des bouleversements. Il ne se sent pas capable d'être dans ce roman. Il l'invite à boire un thé. Elle lui pose beaucoup de questions. Il y répond comme il peut. Elle l'invite à l'accompagner au théâtre. Il a horreur d'aller au théâtre. Il accepte avec le sourire. Il essaie de l'emmener plutôt au cinéma. Elle a vu tous les films qu'il se proposait de voir. Il tremble à l'idée qu'un jour elle le laissera poser ses lèvres sur les siennes. Il les regarde. Elles sont très rouges. Et ses yeux rient tout le temps. Il l'appelle Anastasia et sait qu'elle aussi a juré sa perte. Il s'y attend et s'y prépare. Il sait qu'il sera massacré et ne sait pas comment ni où. Il appelle son ami et confident, qui lui confirme l'impression générale : « Moi aussi j'ai le même sentiment ; j'ai l'intuition que ce sera terrible ; il faut prier le ciel pour qu'il pleuve, c'est notre seul espoir ; c'est le printemps qui leur donne ces idées assassines ; c'est normal, la beauté a besoin de respirer, de commettre quelques délits, nous sommes désignés pour être de parfaites victimes. Tu me parles d'Anastasia, mais moi je viens d'échapper à un lancer de couteau ! Pas de pitié ! Pas de miséricorde ! Georges a reçu une bouteille de Coca sur la tête ; c'était lorsque son amante a mis son écharpe, le geste ample a emporté dans le mouvement la bouteille qui a touché son visage. Nous sommes perdus. Il vaut mieux le savoir. Et moi qui pensais faire de Mirabelle, la lycéenne qui prépare son bac, une de ces créatures aux lèvres charnues et à la tête pleine capables de faire chavirer tout Paris ! Mirabelle avait déjà deux amants et peut-être même une maîtresse ! »

Au premier étage du café Le Flore, des mannequins viennent souvent discuter avec des gens de la profes-

147

sion. Il leur arrive même d'y faire des photos. Les femmes se changent sous les yeux des consommateurs. Ce n'est pas du voyeurisme puisqu'il n'y a plus de mystère ni de secret. Des actrices y donnent rendez-vous. Démaquillées, habillées de manière quelconque, elles passent souvent inaperçues. Le Flore n'est pas un lieu pour faire des rencontres mais pour cultiver des rencontres faites ailleurs. Là il se sent en sécurité. Les filles passent, s'installent, bavardent, se déshabillent, dansent, puis disparaissent. Il aime bien repenser à cette actrice brésilienne venue à Paris pendant trois semaines tourner un film. Avec elle, il a vécu dans l'insécurité complète. Ce fut le comble de l'érotisme. La première fois qu'elle s'était présentée par erreur à sa porte, elle avait hésité avant d'entrer, puis avait dit, avec un accent qui lui avait fait tourner la tête : « Vous n'êtes pas Skolawsky ? Je peux téléphoner ? » Elle posa son sac, enleva son manteau, alluma une cigarette tout en téléphonant. Il remarqua son petit cul parfait, sa chevelure de lionne métisse, ses gestes amples et élégants. Le numéro ne répondait pas. Elle repartit en disant : « A très bientôt ! » Elle revint trois jours plus tard, avec une bouteille de champagne. Ils firent, la première fois, l'amour debout. Comme dans un film. Elle lui dit : « Tu n'es pas français ! Tu dois être un Africain à la peau blanche... » Il répondit : « Non, je suis parisien. »

L'amour comme dans un roman, comme un film, comme une vieille chanson nostalgique. L'amour comme un matin de brume et de rosée, pudique comme un crime passionnel, fou comme un miroir qui perd ses souvenirs, l'amour à Paris prend parfois le visage d'une détresse, d'un malheur inconsolé. Il se disait cela en pensant à toutes ces femmes, belles, disponibles, légères, meurtrières, qui flânent sur les quais de la Seine et qui rentreront dormir seules ce soir. Il se met à faire des comptes, établit des statistiques, puis se souvient qu'à la seconde où il fait ses calculs une femme est en train de vivre son plus bel orgasme, tellement fort, tellement étourdissant qu'elle perd la tête et étrangle son amant.

Quand elle fait l'amour, elle ferme les yeux et parle un mélange de portugais et d'espagnol. Elle lui demande de lui parler en arabe. Elle lui dit : « C'est l'amour à Paris ; on le fait dans plusieurs langues ! » Le tournage achevé, elle est restée quelques jours de plus, s'enfermant avec lui dans un petit hôtel, et lui a offert tout son corps. Elle a coupé une mèche de ses cheveux, comme une adolescente, l'a collée sur une carte postale et la lui a adressée avec ces mots : *Il n'y a qu'à Paris que j'ai des orgasmes qui me font m'évanouir ; tu y es peut-être pour quelque chose, mais dis-toi bien que c'est l'air pollué de Paris qui inspire le plus mon désir.*

De cette aventure strictement sexuelle, il mit long-temps à se remettre. Assis à la terrasse d'un café, il regarde à présent les filles avec détachement. Elles sont toutes différentes, venues de soleils lointains. Des Africaines, il admire la fermeté des seins et les fesses arrondies ; des Asiatiques, il aime bien la transparence de la silhouette ; des Maghrébines, il se passionne pour le désir fou qu'elles expriment dès qu'elles com-mencent à se libérer ; des Françaises, il préfère l'aspect ludique, à peine pervers ; de toutes les femmes il est amoureux, éternellement amoureux et toujours perdant.

14

D'une belle plainte la douleur

Ce jour-là, à cause d'une lumière subite et suprême, il sut que la mort n'était rien. Il se leva avec la ferme intention de vivre dorénavant en prenant des risques. Que faire pour cesser de penser à ces images de cadavres africains couverts de moisissures que charriait le fleuve ? Comment arriver à ne plus faire défiler dans sa tête les visions d'autres corps abandonnés avec leur sang dans la neige. En faisant sa toilette il écoutait les informations. L'homme a-t-il toujours été violent ? Quelle naïveté ! Le besoin de guerre, le désir de dégradation des corps ne sont-ils pas inscrits dans les gènes ? Pour éloigner ces images funestes, il se mit à compter le nombre de mois, puis de semaines qui le séparait de l'an 2000. Deux mille soixante et onze jours ; deux mille soixante et onze nuits. Puis il éclata de rire. La fin du siècle semble mobiliser les consciences les plus rétives. L'angoisse des derniers jours était toujours là, posée comme une promesse sur la ligne d'horizon où passe depuis la nuit des temps la même caravane de chameaux à la mémoire lourde, chargés de manuscrits empruntés à la bibliothèque d'Alexandrie, juste avant l'incendie. Parmi ces livres, il se souvint du *Manuscrit trouvé à Saragosse*. Pourquoi pas à Vancouver ? Il imagina alors un manuscrit enterré dans Jenane Siba, un palais en ruine à la sortie de Marrakech. Cet ouvrage du dix-huitième siècle est un trésor. Avant de mourir, un patriarche réunit ses cinquante-deux enfants et ses cent trois petits-enfants. Il leur apprit qu'il avait gaspillé toute sa fortune à entretenir des femmes de petite vertu et aussi quelques vagabonds atteints de lucidité et de folie ; mais qu'il leur laissait un trésor inestimable dans la vieille maison. Il refusa d'en dire davantage. C'était à eux de le trouver. Après sa mort, ils se mirent à creuser et à fouiller. La maison fut saccagée et les héritiers se disputèrent. Ce fut une petite fille qui découvrit le manuscrit. Elle dit : « J'ai trouvé le trésor ! » Elle reçut une gifle de la part de son père qui lui expliqua qu'un trésor, ce devait être des pièces d'or et pas des papiers où des oulémas ont écrit des sottises. La petite fille pleura en serrant contre sa poitrine le paquet de feuilles jaunies par la terre et le temps et s'en alla raconter ses malheurs sur la tombe du grand-père.

Si la mort n'est rien, se dit-il, pourquoi ce voile noir posé sur les rêves ? Pourquoi ces ombres grises rôdent-elles autour de son lit, égrenant un chapelet d'ambre tout en psalmodiant des chants inintelligibles ? Cela faisait longtemps qu'il dormait mal. Les nuits avaient quelque chose de glauque. Elles étaient tantôt humides, tantôt sèches et surtout interminables. Il s'engouffrait dans un long tunnel, muni d'une lampe à huile, et se prenait pour un acteur de films d'horreur britanniques. Il se parlait dans un anglais parfait, lui qui n'avait aucun don pour les langues. Il travaillait ses nuits comme un artisan travaille sa matière, en se préparant, en se mettant dans de bonnes dispositions tout au long de la journée. Il disait qu'avec le coucher du soleil les négociations avec la nuit pouvaient commencer. Il était obsédé par l'idée de mourir dans son sommeil. «Mourir comme on s'endort... vaincu par le sommeil», lui murmurait une voix familière. Il était certain qu'il entendrait ces mots plus de deux mille soixante et onze fois.

Par quoi était-il le plus obsédé? La mort? Non, elle était là, comme un meuble qui avance très lentement jusqu'au jour où il l'écrasera, le faisant entrer dans le mur, le réduisant en pierre et en sable. Il soignait bien ce meuble, le cirait, le nettoyait comme une peau spéciale. Même quand son ombre se faisait menaçante, il n'en avait pas peur. La mort des autres le contrariait, le mettait en colère, surtout quand elle survenait par accident ou par assassinat. Le jour où Tahar Djaout – le 26 mai 1993 – avait été tué par un fanatique à Alger, il fut paralysé par une immense douleur mêlée de colère. La disparition des êtres qu'il aimait l'obsédait, comme l'inquiétaient les malentendus qui pouvaient surgir entre amis. Il avait beau considérer l'amitié comme une religion, il ne se sentait jamais en sécurité. Il avait peur de se faire mal comprendre à cause de ses maladresses fréquentes. Alors l'amour? C'est le chantier de ses défaites et de ses illusions. Il croyait qu'on pouvait aimer sans posséder, être fidèle à soi et pas exclusif, partager des moments, des choses, des plaisirs simples, puis se retirer dans sa solitude. L'amour l'avait maltraité. Il garde de l'amour des femmes maghrébines le souvenir d'un combat sans fin. Il n'aimait ni la violence ni les conflits. Il se trompait, bien sûr. Il se réfugiait dans le travail et privilégiait l'amitié. Il se préservait ainsi, pensant que le risque d'être blessé ou trahi était moindre.

La radio donnait d'autres informations sur le sport et la météo. Il n'aimait ni les compétitions sportives ni les bulletins météorologiques. Il se fâchait quand on lui parlait du temps. En s'habillant, il ouvrit la fenêtre et observa le ciel sans nuages. Paris devenait une ville difficile. Il ne l'aimait qu'au printemps, parce que, disait-il, « cette saison a l'avantage de rendre les femmes plus belles et les hommes moins grossiers ». Chaque fois qu'il achetait son journal, il pestait. Ce kiosque, comme d'autres dans ces quartiers touristiques, affiche une pancarte où il est écrit : *Ici on ne donne pas de renseignements. Adressez-vous au métro : il y a un plan !*

Il faisait des efforts pour ne pas perdre l'habitude de lire au moins un journal par jour. Il ne ratait jamais la page des annonces nécrologiques. Il la parcourait rapidement, calculait mentalement la moyenne des âges et se sentait à chaque fois épargné par le malheur. Ce 29 avril, la moyenne était de 66 ans. Fallait-il ajouter à ce calcul macabre les premiers cent morts du Yémen et les cinq cent mille morts rwandais ? Comment pouvait-il savoir que le seul lac Victoria au Rwanda s'apprêtait à recevoir 25 467 cadavres

apportés par la rivière Akagera ? Tant de corps anonymes, enflés, des corps noirs devenus pâles, vidés de
leur sang, des êtres tués dans leur sommeil ou dans
leur fuite sans savoir pour quelle raison on les donnait
en offrande au fleuve.

Si sa propre mort n'était rien, celle des autres le
mettait en rage. Il ne voulait plus penser au monde
qui chavire ; il aurait bien aimé trouver cela normal ou
naturel ; il aurait même souhaité devenir indifférent,
comme certains médecins qui s'habituent au sang et
à la douleur des autres. Il ne voulait plus penser à
l'Algérie. Mais ce pays encombrait ses journées et ses
nuits. Il débarquait chez lui avec ses violences, ses malheurs et ses enfants courant dans les rues. Que faire
pour que cette société se réconcilie avec elle-même ?
Un ami lui dit : « C'est normal, l'Algérie est en train
de naître en tant que nation ; il faut qu'elle passe par
le malheur ; elle ne s'en sortira qu'après avoir recouvré
son identité ; pour le moment, elle est mal dans sa
peau ; elle a subi trop de traumatismes avec la coloni-
sation puis la guerre et enfin le parti unique… » Et si
elle basculait dans le totalitarisme absolu et aveugle ?
Et si des tribunaux dits populaires se mettaient en place
et exécutaient des innocents ?

2 071 jours. Cela fait quelques mois. Le temps passe.
Tout s'accélère. Il faut quitter ce siècle avec un
peu plus de dignité. Nos ancêtres l'ont si mal inauguré
qu'il faut éviter d'être aussi cruels qu'eux. L'angoisse
grandit. Elle prend tout l'espace. Elle avale l'air et
laisse des traces tantôt grises tantôt noires sur les murs.

Avec le temps, il avait acquis une certitude : les gens ne changent jamais. Alors, à quoi bon se battre ? A quoi bon écrire et publier ? Avant, il pensait que l'amour pouvait changer les êtres. L'épreuve de la mort aussi. Apparemment. Rien qu'apparemment. Il portait cette idée en lui comme le poète portait le suicide à la boutonnière. Il se sentait soulagé. A présent qu'il était persuadé qu'il n'y avait rien à attendre des autres et surtout pas des proches, maintenant qu'il pensait bien les connaître, il se sentait libre. Il n'avait pas attendu ce vendredi 29 avril pour se sentir léger et disponible. Il pouvait tomber amoureux ne serait-ce qu'une journée ou une nuit, être pris de vertige rien qu'à l'idée de penser à une femme dont il aurait croisé le regard dans le hall de l'aéroport. Penser à elle, rien qu'à elle, sans rien savoir d'elle, surtout ne rien savoir de son passé ni de son présent. Il l'imaginerait vêtue-dévêtue. Il lui dessinerait des seins parfaits. Il sentirait sa chevelure caresser son ventre, ses lèvres parcourir son corps. Et puis l'image disparaîtrait, comme après un orage. Tourner le dos au monde. Pleurer en silence, dans la solitude et l'impuissance.

Il aimait sa solitude. Il tentait par tous les moyens de la protéger. Ses proches le trouvaient bizarre et se moquaient de lui. Il n'arrivait pas à les convaincre que la solitude est un besoin, une nécessité. Il laissait parfois des petits mots sur la table à manger ou collés sur le miroir de la salle de bains : *Aimez votre solitude et portez au son d'une belle plainte la douleur qu'elle vous cause. Rilke.* Il lui arrivait de relire *Lettres à un jeune poète* et il s'entêtait à vouloir saisir la vie là où il n'y avait que désolation, trahison, brutalité.

Toutes ces pensées se bousculaient dans sa tête au moment le moins indiqué pour prendre une décision. Une décision grave : aider son plus vieil ami à mourir en douceur ; abréger ses souffrances en lui procurant la petite pilule qui mettrait fin à son calvaire. Il redoutait ce moment depuis longtemps, lui qui, toute sa vie, avait fait l'éloge de la mort volontaire, véritable libération quand la douleur s'acharne sur le corps et ruine la conscience. Il ne supportait plus de voir son ami défiguré par le traitement puis la souffrance, et retenu dans un semi-coma par les médicaments. Durant les très rares moments de lucidité, il réclamait « une mort douce » telle qu'il l'avait imaginée avec son ami au temps de la bonne santé et de la vie pleine de promesses.

Il repensait à son père qui, sur son lit d'hôpital, avait perdu l'usage de la parole et faisait des signes de la main pour en finir. Il détournait son regard pour éviter d'avoir à répondre à cette demande. Les souffrances avaient été brutales mais brèves. Son père mourut en rageant, le poing fermé comme pour dire que la mort était plus clémente que la douleur. Il repensait à Lola, une jeune Andalouse, qui tournait à vélo depuis l'été 36 sur une place en plein soleil.

Les morts anonymes continuaient de flotter sur l'eau du fleuve. La maladie faisait son travail de saccage sur le corps de son vieil ami. Les yeux n'étaient plus des yeux mais des trous désertés par la lumière. La peau n'avait plus la couleur de la vie, mais avait subi des détériorations par l'abus des médicaments. La voix n'était plus qu'un râle, une déchirure.

A quoi sert la liberté si on ne peut pas l'utiliser au moment où on en a le plus besoin, au moment de quitter une vie visitée par l'enfer de la souffrance ? A quoi sert une liberté sans courage ? A présent, il s'agissait de son propre courage. Il reporta sa visite à l'après-midi, prit une chambre d'hôtel et passa quelques heures dans une solitude absolue. Il avait besoin de calme et de cette réclusion pour prendre sa décision. En fait, il pensa à autre chose. Il se dit que cette journée était banale comme toutes les autres journées de l'année. Mais il s'amusa à deviner combien de mariages avaient été célébrés dans le monde en ce vendredi, combien de derniers souffles avaient été rendus, combien de naissances avaient été enregistrées, combien de trahisons commises, de baisers échangés, de caresses interrompues, de larmes versées, de cris étouffés, d'images déversées, combien de trains arrivés à l'heure, de moments de vrai silence, de rires sincères et d'autres nerveux, d'ombres figées sur un mur bleu, de fleurs fanées, de brûlures de mains, combien d'organes greffés, de cœurs offerts *in extremis,* de vies sauvées et de casseroles de lait oubliées sur le feu...

Cet inventaire n'avait pas de sens. Il le divertissait un peu, l'empêchait de penser aux draps blancs de l'hôpital et au dernier baiser donné bientôt à son ami qu'il accompagnerait dans la mort.

En sortant de l'hôtel, il remarqua que le ciel avait une drôle de couleur, un jaune mêlé de gris. Il soufflait un vent fort venu probablement du désert puisqu'il déposait du sable sur les voitures. L'air était chargé de tant d'impuretés qu'il dut mettre des lunettes pour protéger ses yeux fragiles. Et puis, comme dans un rêve, un de ces mauvais rêves où les choses arrivent avec une telle acuité qu'on est persuadé que c'est la réalité qui envahit le sommeil, il eut une brusque bouffée de chaleur qui l'obligea à s'asseoir sur le banc d'un Abribus, s'épongea le front, remarqua que le mouchoir était plein de grains de sable, puis se dit « délivrance ».

Depuis quelques années, il voyait venir les choses. Il ne voulait pas se dire « voyant », mais il avait un don, des intuitions qui l'informaient souvent avec précision sur des événements qui allaient se produire. Par superstition, il refusait d'y croire ou de donner de l'importance à ses intuitions. Là, en cette fin d'après-midi du vendredi 29 avril, il n'y avait plus de doute, son vieil ami venait d'être délivré de toutes les souffrances. Il n'avait plus besoin de se rendre à l'hôpital. Il se dit que peut-être une infirmière ou un médecin avait eu la bonté de l'aider à partir en douceur et l'avait précédé de quelques minutes. Lui aussi se sentait « délivré ». Il marcha le long de la Seine, le visage fouetté par le vent et le sable. Il eut envie de pleurer mais aucune larme ne coula de ses yeux rougis par la poussière du lointain.

15

Des robes mal fermées

L'air s'était raréfié dans sa chambre et les murs avançaient en ce dimanche qui lui rappelait la terre fêlée du pays. La chaleur, épaisse et blanche, occupait son lit et dérangeait les objets. Des images se bousculèrent dans sa tête, jaillissant du miroir, du mur, de la natte. Elles prirent place dans ce lieu enveloppé de mélancolie, dans l'absence et l'exil. Même le transistor s'est mis à émettre directement du village ; il entendit le message de sa femme : « Ici c'est Fathma, ta femme – tout le monde va bien – la santé est bonne – les enfants sont en vacances – le mandat n'est pas encore arrivé, mais l'épicier nous fait crédit – ton père, ta mère, ton grand frère te saluent – nous t'attendons – n'oublie pas un cadeau pour la nièce qui se marie... »

L'eau était rare. La direction du foyer avait décidé d'appliquer un plan d'austérité. la sécheresse pouvait durer. On n'était pas au Sahel, mais il fallait faire attention !

Il mit son costume du dimanche et prit le métro sans savoir trop vers où se diriger. Il alla loin, très loin, jusqu'à Saint-Germain-des-Prés. C'est un quartier où il n'avait jamais eu l'occasion de se rendre.

La foule avait quelque chose d'étrange. Il lui était difficile de prendre pied dans le tourbillon de cette faune colorée et parfumée. Il s'assit sur un banc et regarda le spectacle. Il ne se passait rien. Devant les cafés, des jeunes gens faisaient semblant de jouer de la musique. D'autres avalaient des lames de rasoir, ou se livraient à des acrobaties lamentables pour mendier quelques francs.

Ce qui retenait son regard, ce n'était pas cette agitation folklorique, mais des femmes. Elles étaient belles, légères, minces, transparentes. De petits nuages en couleur, des gazelles échappées d'un jardin. A peine vêtues, elles passaient devant lui comme des images. Elles esquissaient des pas de danse avec un léger sourire et disparaissaient dans la foule. Sous leurs robes mal fermées, il pouvait apercevoir sans faire d'effort des petits seins bronzés, une taille fine, des jambes parfaites... Il avait l'impression de tourner les pages d'un magazine féminin, ou d'ouvrir des flacons de parfum. Ces corps frêles dansaient et chantaient dans sa tête. Toutes ces femmes le traversaient dans un vertige insoutenable.

Il se leva, un peu hagard, un goût amer dans la bouche, et reprit le métro. Il pensait déjà à la nuit : ces femmes qui le hantaient allaient peut-être envahir sa chambre dans la chaleur et l'insomnie. Et puis non ! il se rassura en se disant : Elles ne savent pas où j'habite...

16

Le compatriote

Khadija est belle. Elle a du Maghreb la couleur de la terre l'été, et le bleu des nuages. Le rire de ses yeux apprivoise l'oiseau insolent. Mais dans le regard une prairie de tendresse. Le geste simple. Pudique.

A Paris depuis quelques années, elle termine sa médecine. Ses compatriotes travailleurs, expatriés par le temps, elle les connaît bien. Elle milite à leur côté.

L'autre dimanche, descendant du métro, elle a été abordée par un travailleur immigré qui essayait de dissiper sa solitude.

« Tu es belle, ma sœur… »

Khadija sourit.

« Dis, ma sœur, tu es arabe, n'est-ce pas ? »

Khadija acquiesça avec un petit rire.

« Dis, ma sœur, gazelle sous la lune, tu prends un café avec ton frère du Maghreb… le dimanche c'est long, c'est triste… Et puis les autres ne parlent pas… Allez, viens, on va parler du pays… »

Dans l'esprit de Khadija, des mots et des images se bousculèrent : l'émigration… la solitude… la nostalgie… la culpabilité… la drague… l'exil… la mélanco-

163

lie… la violence… le racisme ordinaire… Se parler, pourquoi pas?

« D'accord, merci pour ton invitation. »

Au café, ils échangèrent quelques impressions sur le travail, l'exil, les vacances… puis il y eut des silences longs et quelque gêne.

L'homme sortit de sa poche un billet de dix francs et le mit entre les seins de Khadija. A la surprise succéda le grand fou rire. L'homme, gêné, s'excusa. Khadija le rassura, lui fit une bise et s'en alla…

17

Monsieur Vito s'aime

Petit, quand on lui demandait ce qu'il voulait faire plus tard, il répondait, sans hésiter : « Etre célèbre. » On avait beau lui dire que la célébrité n'était pas un métier, il répétait avec force et détermination son vœu. Il n'y avait que sa mère qui, au lieu de le corriger, l'encourageait dans cette volonté. Elle lui disait : « Non seulement tu seras célèbre mais comme tu es beau tu seras aussi très riche ! » Lui souriait et narguait son entourage. Il avait notamment un camarade de classe assez malin et débrouillard sur lequel il comptait pour en faire son secrétaire. En fait, il le traitait déjà comme un petit fonctionnaire à son service. Il lui faisait porter son cartable, distribuer les messages aux jolies filles. On le prenait pour le représentant de Monsieur Vito.

C'était un élève brillant. Avec son intelligence et la force de son ambition, il était sûr de lui-même et arrivait à mettre dans l'embarras les professeurs, à qui il posait des questions savantes. Intelligent mais pas travailleur. Normal. Tout est dans l'improvisation, dans le brio, dans le paraître. Il n'en avait pas conscience, mais il aimait arriver en classe sans avoir révisé sa leçon et parler avec assurance devant ses camarades qui n'arrivaient plus à suivre. C'était un surdoué dans la mesure où il se tirait toujours des situations les plus difficiles. Il parlait vite parce qu'il réfléchissait aussi vite.

Avec les filles il se montrait grand seigneur. Il les traitait de haut, déléguait à son secrétaire certaines tâches du genre « annulation d'un rendez-vous pour affaires » ou bien « convocation dans l'heure qui suit de la pauvre élue de mes désirs pour mise au point des sentiments ». Les filles aimaient ce genre de garçon qui paraît beaucoup plus mûr que ceux de son âge. Il parlait d'histoire de l'art, d'opéra et de Wagner avec une facilité déconcertante. Il aimait réellement la peinture. A la veille des vacances scolaires, il faisait savoir aux professeurs et aux filles qu'il séduisait qu'il partait quinze jours au Louvre. Il disait « C'est un minimum si on veut pleurer d'émotion devant un Rembrandt ». L'été, il partait à Madrid pour visiter le Prado. Là, il était sérieux, lisait tout ce qu'il trouvait sur les artistes qui l'intéressaient, faisait des fiches, les classait et en discutait avec des spécialistes. Il lui était arrivé un jour de demander un rendez-vous au professeur Herbert Schmipp, grand spécialiste de Rembrandt. Il avait à peine douze ans. Quand le professeur le vit arriver, en costume et cravate, portant un cartable noir, il crut que c'était une plaisanterie. Vito le rassura tout de suite et lui posa des questions tellement précises que le professeur se rendit vite compte qu'il avait affaire à un connaisseur.

Son amour pour l'art était l'unique domaine où son sérieux était visible. Il ne cherchait pas à jouer au spécialiste. Il avait une réelle envie d'apprendre et de comprendre. C'est de cette époque que date l'achat de livres d'art. Il économisait, se faisait prêter de l'argent par son secrétaire et se payait des livres qu'il lisait en une nuit puis classait méticuleusement dans la bibliothèque. A vingt ans, il avait déjà 8 567 ouvrages répertoriés par ordre alphabétique. A vingt-cinq ans il fêta son vingt millième livre. Sa mère, entre-temps, était devenue une véritable secrétaire. Elle était à son service et ne le contrariait jamais. D'ailleurs, pour elle, il n'y avait que Vito. Le monde pouvait s'écrouler, le père tomber malade, sa fille, très belle et très fine, avoir un chagrin d'amour ou un accident, seul Vito comptait. De temps en temps, elle se rendait compte qu'elle exagérait et se tournait quelques minutes vers sa fille pour savoir ce qu'elle pensait offrir comme cadeau d'anniversaire à son frère.

Quand il écrivit son premier livre sur les dessins de Michel-Ange, sa mère convoqua le plus important éditeur d'art de Milan et lui remit le manuscrit. Le livre était de bonne qualité. L'éditeur était embarrassé par les méthodes de la mère mais content de publier un livre aussi original. Le succès vint tout de suite. Les premiers articles parurent assez rapidement. La mère ne les découpait pas mais gardait tous les journaux qui parlaient de son fils.

Son maître, son professeur, l'aimait beaucoup. Mais, comme tous les mandarins de l'université, il avait ses comptes à régler. Lors d'une exposition d'un peintre du dix-huitième siècle que le professeur détestait pour des raisons obscures, Vito eut l'audace de publier dans la *Corriere della Sera* un grand article élogieux et intelligent sur ce peintre. Le maître piqua une colère et rejeta définitivement Vito. Cela lui fit un peu de peine mais lui permit de voler de ses propres ailes.

C'est à partir de ce moment que la célébrité devint une nécessité, un besoin vital. Il écrivit d'autres livres et d'autres articles. Tout le monde reconnaissait son intelligence, mais de temps en temps on le trouvait agaçant. Surtout quand il passait à la télévision. Il comprit que l'histoire de l'art n'était pas le chemin le plus rapide pour accéder à la célébrité. Il mit en train ses stratégies de la provocation. A la télévision, c'est facile. Il suffit de monopoliser la parole, de crier plus fort que les autres, de se moquer du présentateur, de faire de l'humour sur les puissants, et le tour est joué. Avec ses fréquents passages à la télé, il devint célèbre. Pas comme il l'imaginait, mais c'était déjà un bon point pour son narcissisme et pour l'espérance de sa mère, qui collectionnait toutes les revues où le nom de son fils était cité. Elle classait les journaux et magazines dans un immense garage de leur maison de campagne.

Vito devint définitivement célèbre le jour où il dénonça à la télévision la corruption d'un homme politique. Les chaînes de télé se le disputèrent et il finit par accepter d'animer une heure quotidienne sur une grande chaîne.

Plus il devenait célèbre, plus sa mère était dépassée par le travail que la nouvelle situation exigeait. Elle se fit seconder par une secrétaire à plein temps dont le rôle consistait à lire tous, absolument tous les journaux qui paraissaient en Italie, de les garder s'ils parlaient de Vito, en bien ou en mal, et de les classer dans le fameux garage. Ce travail quotidien était harassant. Des articles de Vito ou sur Vito ou contre Vito, elle devait faire plusieurs photocopies et les classer après les avoir pris en microfilm. Tout ce qui touchait Vito devait être consigné. La mère veillait. Le père observait ce cirque sans oser dire un mot. Quant à la belle Elisa, la sœur, elle essayait d'apporter un peu d'humour dans ce magma de narcissisme et de fixation obsessionnelle sur Vito, sur son visage, sur ses relations, sur ses disputes, sur ses provocations, etc.

Vito, très occupé à Rome, ne venait que rarement à la maison de ses parents. En revanche, il téléphonait toutes les heures, de jour comme de nuit. Il dormait deux ou trois heures. Mangeait vite et mal. Vivait entouré d'une nuée de secrétaires, d'assistants et d'amis. Sa main était toujours sur un téléphone. Il dictait son courrier et ses articles au téléphone, et consacrait un peu de temps à l'achat de peintures du dix-neuvième siècle. Tout était accumulé dans la maison des parents. Les murs n'en pouvaient plus de supporter des toiles de toutes dimensions et surtout de n'importe quelle qualité. Partout aussi, des sculptures. La mère veillait, essayait de ranger, mais y parvenait rarement.

Vito, incontestablement, était devenu célèbre. Il continuait de publier des livres, pas sur l'art mais sur la politique et le spectacle de la vie. Ses apparitions à la télé étaient de plus en plus attendues. Il parlait de tout et de rien, mais toujours avec talent, brio et humour. La secrétaire enregistrait la moindre image, la moindre parole; la mère classait les journaux et la sœur lisait des poèmes en écoutant un opéra.

Vito aimait les femmes. Les femmes l'adoraient.

Mais il n'avait jamais le temps de s'occuper d'elles. Faisait-il l'amour ? Quand ? Où ? Personne n'osait poser ces questions. Des femmes belles comme des sirènes venaient l'embrasser dans son bureau pendant qu'il téléphonait. Quand il terminait la communication, il ne posait pas le combiné à sa place mais le jetait. Il y avait toujours une main de femme pour le ramasser. Quand il se levait, il enlaçait une de ces femmes puis passait à autre chose. Sa vie amoureuse était un mystère. Personne ne pouvait en parler. Surtout pas sa mère. Quand il devint député, il s'afficha au Parlement avec une star italienne du porno. Scandale. Provocation. Il était content de ce spectacle.

C'est cet homme qui se trouve aujourd'hui vieilli avant l'âge, cloîtré dans le garage de la maison de campagne de sa famille et qui lit systématiquement tous les journaux qui ont parlé de lui depuis vingt ans. Depuis qu'il s'est enfermé là, plus personne n'a le droit de lui parler. Sa mère, désespérée, passe son temps à répondre au téléphone et aux médias qui s'inquiètent de la disparition brutale de Vito. Elle dit qu'il s'est isolé pour écrire le livre de sa vie. A la télé, on repasse ses émissions. Des milliers de téléspectateurs écrivent des lettres réclamant le retour de Vito. Des femmes ont tenté de se suicider. Une manifestation a même eu lieu devant les locaux de la chaîne où il travaillait. Vito est absent. Rien ne va plus. La célébrité le réclame et lui, sourd à tous ces appels, est plongé dans les journaux, à les éplucher un par un. Par une fenêtre on lui passe ses plateaux-repas. Il se lave dans le garage même. Vito n'est plus le même.

Cela fait plusieurs jours qu'il est enfermé. Il ne parle

pas. Ne chante pas. Ne crie pas. On entend juste le bruit des pages de vieux papier.

Au bout de dix jours, il sort de là, hagard, pâle, titubant. Lorsqu'il s'assied, on entend un bruit comme du papier froissé. Quand il ouvre la bouche ce sont des morceaux de journal qui sortent avec des mots en gras. Pour savoir ce qu'il veut dire, on lit les mots dans l'ordre de leur expulsion. Vito est devenu un homme en papier, un journal contenant tous les journaux, et il ne parle que de lui. Il s'est installé au garage sur un fauteuil de papier et donne des conférences sur sa vie, son enfance, sa mère, et sur sa passion pour Pinocchio. Les gens viennent de partout. Ils apportent des cierges, des cadeaux. Ils sont persuadés que Vito est un saint, un saint en papier mais un saint quand même. Sa mère organise les visites, reçoit les doléances, prépare les repas et discute avec les avocats. Quant à Elisa, elle dirige à Milan un grand théâtre où on ne joue que de grands opéras.

18

L'homme qui n'aimait pas les fêtes

J'ai un aveu à faire en ces moments où toutes les familles chrétiennes sont réunies dans la joie de l'amour filial autour de la dinde et de quelques bouteilles de champagne plus ou moins bon : je déteste la période des fêtes, surtout les fêtes de fin d'année, le soir de Noël et la nuit du Nouvel An. Je n'aime pas non plus les jours qui précèdent et ceux, plus désastreux encore, qui succèdent à ces festivités. Je n'aime pas ces jours souvent pluvieux où tout le monde se précipite dans les grands magasins et se croit obligé d'acheter des cadeaux, un arbre de Noël, du foie gras et de la dinde. Les chômeurs qui se déguisent en Père Noël sont grotesques. Il n'y a qu'eux pour croire à leur fiction. Les enfants se moquent d'eux. Les jeux électroniques ont rendu ce symbole pitoyable. La période des fêtes, où les gens se saignent en s'endettant pour avoir l'illusion d'être heureux quelques heures, me rend furieux. Elle me rend plus misanthrope que je ne le suis d'habitude. L'être humain se plie sans protester à la loi des marchands et consomme sans compter ou bien en comptant beaucoup. Il consomme pour être

comme tout le monde. Quand la fête devient obliga-
toire, la solitude, supportable le reste du temps, prend
les proportions d'un cauchemar, se fait maladie into-
lérable. Tout le monde doit être content, satisfait,
heureux. C'est un ordre. On ne peut même pas discuter ; il n'y a personne avec qui discuter le bien-fondé
de cet ordre. On vit sous la dictature du conformisme.
Le message est simple : il ne faut pas rester seul ce
soir-là ; être seul veut dire qu'on est le dernier des
hommes, rejeté par la famille et abandonné par les
amis. Si on est seul, il vaut mieux prendre un somni-
fère et dormir avant vingt-deux heures, peut-être que le
sommeil sera plus clément que la société et apportera
quelques beaux rêves. La fête est générale. Malheur à
celui ou à celle qui, pour une raison ou une autre, ou
même sans raison, se retrouve seul(e) ce soir-là, parce
que ses amis l'ont oublié(e), sa famille l'a négligé(e),
ou parce qu'il (elle) n'a ni amis, ni famille. Cette
personne doit trouver une trappe où descendre pour
se cacher jusqu'à la fin des festivités. On devrait
construire des abris anti-fêtes.

En cet instant où tout un pays mange le même
plat, boit le même mousseux ou le même champagne,
au moment où on oublie les conflits, les dettes, la maladie, l'ennui, où on s'embrasse à moitié saoul, où on fait
des plaisanteries grossières, où on croit, ou fait croire, à
des sentiments plus ou moins sincères, un homme fait
à lui tout seul bande à part ; il a décrété la mise en
quarantaine de son propre être ; ce soir, il n'est ni d'ici
ni d'ailleurs ; il n'est pas de la fête ; il n'a pas la tête à ça ;
ni la tête, ni le cœur ; il a même une « tête d'enterrement », justement ce soir où le malheur se repose, où il

est repoussé par les vapeurs de l'alcool et du tabac. Le malheur a pris congé, juste pour quelques heures. La mort aussi. Elle rôde et attend. Les fins de fête lui donnent beaucoup de travail. Les cimetières fument et le ciel se couvre de nuages paresseux et bienveillants. Cet homme qui s'est mis à l'écart, hors du tapage nocturne, a une tête où aucun sourire n'arrive à se dessiner, même pas un sourire narquois; il a une tête quelconque, prête à hurler, parce que la fête des autres le met dans cet état, et, quand il est dans cet état, il se sent capable de tout, même et surtout de meurtre. Non il ne tuera personne. S'il est vraiment décidé à commettre un crime, ce sera sur sa propre personne. C'est un homme généreux. Il ne veut pas faire du mal aux autres, mais il ne supporte pas qu'on le dérange. Or ce soir de Noël le dérange profondément. Il ne peut pas en vouloir à tout le monde, alors il s'en prend à lui-même.

Cet homme, c'est mon voisin. Quand je dis que je n'aime pas les fêtes de fin d'année, c'est à lui que je pense; et sa détresse me touche. Ce sont des jours où cet homme souffre. Je le vois; je l'entends; et il me fait pitié. Et pourtant c'est un brave homme. Moi, je ne suis pas catholique et je n'ai pas été élevé dans ces traditions. Les musulmans ont des fêtes qui m'exaspèrent aussi. La fête du sacrifice du mouton par exemple. Elle me met mal à l'aise. Tout ce sang versé dans une même matinée, tout ce cheptel décimé pour commémorer le souvenir d'Abraham qui a failli égorger son fils, pour assurer le sacrifice... Mon voisin est un catholique qui est particulièrement malheureux parce qu'il voudrait être de la fête mais n'y arrive pas. Apparemment, personne ne l'a invité pour ce dîner de

Noël; et lui n'a trouvé personne avec qui partager ce repas. Tous les ans, la même détresse s'empare de lui et le rend fragile, irritable et lugubre. Son visage change, ses traits s'allongent, sa tête s'enfonce dans ses épaules, son regard s'éclipse et sa démarche se fait boiteuse. C'est un homme qui se transforme sous l'effet de ce tapage en ville et de ces lumières qui l'écrasent.

A cause de lui, moi aussi je me mets à appréhender ces jours où la fête l'accable. Moi qui ne suis pas concerné ou si peu par ces festivités, je pense à ce pauvre homme qui n'a pas encore compris qu'il valait mieux quitter la ville et même le pays en ces jours qui le rendent si malheureux.

Il est venu me voir en cette soirée de Noël. Timide, poli, il me demande, au seuil de la porte, d'une voix presque éteinte :

– Alors ce Noël, vous ne le fêtez pas?

– Pourquoi me demandez-vous ça?

– Vous avez des enfants et puis je ne vois pas chez vous de sapin avec ces petites ampoules qui s'allument et s'éteignent!

– C'est vrai! Je n'ai pas d'arbre de Noël avec des petites ampoules qui clignotent. Ça m'empêcherait de dormir...

Je l'invite à entrer. Il me dit, comme pour tout expliquer :

– C'est que vous n'êtes pas croyant!

– Vous voulez savoir si je crois à la lumière d'un sapin, une nuit de fin d'année? Non. C'est parce que je déteste le sapin. C'est un arbre sans grâce, sans fantaisie. Tous les sapins se ressemblent. De plus, je n'aime pas les arbres en dehors de leur lieu naturel;

176

c'est comme pour les animaux ; je les préfère libres dans la nature, pas enfermés dans de petits espaces comme nos appartements.

– Vos enfants comprennent tout ça ? Ils ne vous réclament pas l'arbre de Noël et les cadeaux dans les chaussures ?

– Non. Les cadeaux, je les offre le jour de leur anniversaire, pas le jour de celui de Jésus. Ils ne sont pas malheureux.

– Ah bon ! Moi, si j'avais des enfants, je les comblerais de cadeaux à Noël. Malheureusement, toutes les femmes que j'ai connues m'ont quitté ; elles ne m'ont jamais laissé le temps de comprendre pourquoi elles partaient ; ça durait si peu de temps... Je ne pouvais pas envisager une vie avec l'une d'elles, avec enfants, Noël et tout le reste...

Je lui offre un jus de pamplemousse naturel. Il le boit d'un trait et se met à s'excuser :

– Je ne voudrais pas vous ennuyer davantage...

Il observe un silence, un peu gêné, il se met à bégayer, puis me dit :

– Ça vous dirait de partager avec moi ma dinde ?... Je l'ai achetée toute prête, au sous-sol du Monoprix... Vous savez que Monoprix devient un magasin de luxe durant cette période ?... Le peuple lui aussi a besoin de luxe, ne serait-ce qu'une fois dans l'année...

– Merci pour votre invitation. Je suis en train d'essayer de réparer la télé ; c'est surtout pour les enfants ; moi je préfère lire ; ma femme aussi. Mais nous ne voulons pas priver les enfants d'images.

Sans même que je le lui demande, il s'agenouille pour examiner le poste.

– C'est l'image ou le son ? Attendez, je vais vous donner un coup de main ; je suis un bon bricoleur. Dans ce pays, on est forcé de devenir bricoleur !

Il enlève sa veste et part chercher sa caisse à outils. Les enfants s'impatientent, l'heure de leur émission favorite approche. Quelques minutes plus tard, je vois mon voisin arriver en bleu de travail, souriant et décidé à réparer cette télé. Je fais s'éloigner les enfants et je deviens son assistant. Il ouvre l'appareil délicatement, puis se met à démonter les pièces une à une en professionnel. Il est entièrement absorbé par ce travail. Il chantonne. Les enfants sont revenus l'observer ; quand il lève les yeux et remarque leur présence, il me tend les clés de son appartement et me dit :

– Tenez, ouvrez-leur la porte ; la télé est dans la cuisine ; elle marche bien. J'en ai pour un bon bout de temps, peut-être le temps de leur émission. Il ne faut pas les priver de ce plaisir.

J'installe les enfants chez lui et reviens l'assister. Tout l'appareil est à présent démonté. Il est content. Il se lève, boit un verre d'eau, puis se souvient que c'est Noël, lève son verre et me dit : «A la vôtre !» A ce moment, un bouchon de champagne atterrit dans la cuisine en faisant grand bruit ; on aurait dit une balle, tirée de la fenêtre d'en face. On entend des cris de joie suivis d'une chanson. De ma cuisine, on peut les apercevoir, les familles Durand et Dupont. Elles sont déchaînées, s'embrassent, dansent, chantent, crient et tombent d'ivresse ou de fatigue.

– Ce sont les voisins, lui dis-je. Ils aiment beaucoup la fête ; ils n'en sont qu'à leur première bouteille, vous verrez dans quelques heures...

Il ne fait pas de commentaire, regarde sa montre et se remet au travail.

– Toutes les pièces sont en bon état. La panne doit venir d'une erreur de montage ou de manipulation. C'est délicat, ces appareils qui nous font rêver ou nous ennuient. Je vais remettre de l'ordre dans tout ça...

Je tourne en rond dans l'appartement. Ma femme me demande de l'inviter à dîner. Je n'ose pas le déranger. Je le vois absorbé et heureux de l'être, content aussi de rendre service, de se rendre utile en cette soirée de toutes les déprimes. Je décide de ne pas dîner et d'attendre qu'il ait terminé. Les enfants sont revenus. Cela fait au moins deux heures qu'il est là. Les voisins se remettent à chanter. On se croirait dans un club d'anciens combattants. Ils hurlent, rient, tapent des mains, ouvrent la fenêtre et interpellent les voisins. Tout ce tapage ne le dérange pas. Il remonte les pièces après les avoir nettoyées. Le poste est de nouveau reconstitué. La boîte va redevenir magique et émettre des images. Il branche l'antenne et allume. Sur l'écran apparaissent des hachures accompagnées d'un parasite. Il se met à tourner des petits boutons situés sur le côté droit du poste. Il règle. Je ne dis rien. Il est onze heures. Les enfants dorment; ma femme aussi. Il obtient la première chaîne, puis la deuxième, puis toutes les autres. L'image est nette. Le son aussi. Sur toutes les chaînes, on a la même image : un prêtre en train d'officier. Derrière lui, un immense sapin illuminé. C'est solennel. Mon voisin, fatigué, me demande la permission de passer à la salle de bains. Il se lave les mains. J'éteins la télé et lui propose de partager mon dîner. Il me dit qu'il n'a pas faim. Il remet sa

veste, ramasse ses outils et se dirige vers la porte.
C'est lui qui me tend la main en me disant :

– Merci Monsieur ! Grâce à vous j'ai échappé à une
grande détresse. Je n'ai pas vu le temps passer. C'est
formidable. J'ai passé une bonne soirée. Demain, j'irai
déposer des fleurs sur la tombe de ma mère.

Il ne me laisse pas le temps de le remercier. Je me
retrouve seul dans la cuisine avec un tajine de poulet
au citron confit tiède. Je n'ai pas le cœur à manger.
Il est minuit. Les cloches de toutes les églises sonnent.
La fête doit battre son plein. Les bruits et clameurs de
la ville me parviennent amplifiés. Les voisins jettent
les bouteilles vides par la fenêtre. La cour de l'immeuble est jonchée de verre brisé. C'est la fête qui se
termine. C'est encore plus désespérant que le début
de la soirée. Demain, les gens vont faire la grasse
matinée. Les rues seront désertes. J'en profiterai pour
aller me promener.

19

La haine

Il était une fois un enfant laid, tellement laid qu'il avait réussi à échapper au temps et à ne plus grandir. Ni garçon ni fille, on n'avait pu l'enregistrer à l'état civil. On ne le nomma pas non plus. On disait l'enfant comme on aurait pu dire le petit ou la petite. A quinze ans, il se sentait investi d'une mission claire : détruire. Pour réaliser cette passion, il avait réclamé l'éternité, et il l'avait obtenue. Ses parents étaient de bons musulmans, des braves gens, comme on dit. Leur enfant ne leur appartenait plus. Il avait déserté la maison et vivait dans les champs avec les chauves-souris et les esprits du malheur. On l'appelait tantôt Aïcha-la-Chauve, du nom d'un oiseau que les sorciers utilisaient pour jeter les sorts, tantôt Hmar lil, l'âne de la nuit, qui pèse de tout son poids sur la poitrine des enfants endormis.

Ayant appris que je m'apprêtais à raconter son histoire, il s'est introduit chez moi sous la forme d'une voix forte et ferme et m'a intimé l'ordre d'y renoncer et de l'écouter. Je n'avais pas le choix : obéir ou devenir l'une de ses victimes. Comme j'aime la vie, j'ai préféré le laisser parler. Après tout, il est mieux placé que moi pour raconter méchamment son histoire :

Ma naissance fut probablement une erreur. J'ai souvent entendu des gens dire : « Cette chose n'aurait pas dû être là. » Je n'ai jamais été à ma place là où je suis, je sais que de toute façon je ne devrais pas y être. Je suis un enfant encombrant. Je prends de l'espace. Mon corps mal foutu, même s'il n'est pas plus grand qu'un autre, s'étale et s'accapare l'espace. Mais on me regarde de travers. Avec des yeux qui louchent, je ne peux pas faire autrement que rendre le même regard. Tout est de travers. En fait, on n'ose pas me faire de reproches. Ceux qui, mal informés, se sont risqués à me parler sur un ton sévère se souviennent encore des flèches empoisonnées que mon seul regard leur a lancées. En principe, je ne suis pas méchant. Je me défends. Et, même quand on ne me fait rien, je me défends. C'est une tactique. Je n'avais pas à être là, mais, du moment qu'on m'a jeté sur cette terre maudite, j'essaie d'être à la hauteur de cette erreur. Je ne laisse rien passer.

Si rien ne m'échappe c'est parce que ma présence ne passe pas inaperçue. Je suis là et bien là avec un corps mal fait, un visage sans grâce et surtout des cheveux gras que je me plais à ne laver qu'une fois par mois. J'aime quand mes cheveux s'aplatissent et brillent. Cela me donne le visage de l'emploi : un masque pour semer le trouble et la peur ; je m'amuse ainsi, tout seul puisque les enfants de mon âge m'ont exclu dès le départ de leurs jeux. Ils ne pouvaient pas faire autrement. J'étais perçu d'emblée comme l'exclu

idéal. Ça m'arrangeait. Chacun sa place. La mienne
est partout où je peux déranger et faire mal. D'où me
vient cette énergie du mal? Allez savoir. J'en vis et je
le dis sans détour. Y en a qui naissent pour venir en
aide aux nécessiteux, pour faire le bien. Moi, je suis
né pour répandre le malheur. C'est ma fonction, ma
raison de vivre. Je respire grâce à ce sang noir ou
trouble qui circule dans mes veines et me donne des
idées pour nuire. Je pourrais proposer mes services
aux personnes qui ont peur d'être méchantes. Il suffit
que j'apparaisse pour donner le mauvais œil et porter
malheur. Cependant, je ne suis pas le Mal absolu.
Je n'en suis pas là encore. D'autres s'activent pour
cultiver le malheur tout en ayant l'air propres et polis.
Je ne cache rien. Je suis dans l'évidence. Je suis fait
à votre image. Je suis ce que vous m'avez fait. Ni plus
ni moins.

A la maison, j'ai épuisé toutes les ressources. Mes
parents ne résistent plus. Ils portent la défaite sur le
visage. Je suis leur propre défaite. Ils ne me donnent
rien. Je ne leur donne rien non plus. C'est ainsi. Tout
se résout dans le silence, dans ces regards dérangés,
dans ces soupirs profonds.

Mes deux frères ont vite compris que je ne pouvais
être un parent pour eux, encore moins un complice.
Nous sommes des étrangers sous un toit où on ne rit
jamais. J'ai toujours empêché le rire. Dès qu'un sourire
est esquissé, j'interviens. Mon regard les glace. Il suffit
que je les regarde et tout rentre dans l'ordre, froid et
irrémédiable. Je ne pleure pas. Ça ne sert à rien et
ça ne rapporte rien. C'est indigne de ma destinée.
Pour pleurer, il faut avoir reçu un peu d'affection. Je

n'en ai jamais eu. Non, pas de larmes. Pas d'émotion non plus. L'émotion, ça dérègle les choses. Ça risque de perturber mes calculs. Et, si je dois pleurer, je ne le ferai jamais en public mais seul. Enfermé. Ou sous l'eau. Ces larmes se mélangeront avec l'eau et je ne les aurais pas vues, je ne les aurais pas perdues.

Je suis né dans une perte. Je suis tombé comme une mauvaise pluie, celle qu'on n'attend pas, celle qu'on craint parce qu'elle pourrit les semences. Cela, très tôt je l'ai su. Encore au berceau, j'ai dû prendre mes dispositions : j'économiserais toutes mes énergies pour leur faire payer le hasard de cette naissance, faire payer aux innocents l'image déformée de ce visage où rien n'est à sa place. Oui, mon visage est comme cette aquarelle sur laquelle un chiffon est passé. J'ai le visage déplacé. J'ai tout de travers, le corps et ce qu'il y a dedans.

Un jour, l'imam de la mosquée a essayé de me raisonner. Je venais de faire très mal à une pauvre fille qui avait eu l'imprudence de me témoigner de la pitié. L'imam a parlé longuement. Moi je cherchais le moyen de lui crever un œil. A la fin, il s'est rendu compte qu'il avait affaire à un monstre. Il m'a dit : « Tu es un enfant qui a perdu son âme en arrivant au monde ! » Il avait sans doute raison. Je sais mon corps creux, et je sais que l'âme a horreur du vide et du visqueux. J'ai abrégé cette entrevue en urinant debout sur sa djellaba.

J'avais dix ans et déjà j'avais arrêté le programme de mes vengeances. Mes parents, de plus en plus désespérés, pleuraient. Je ne m'ennuie jamais. J'ai tant à faire. La solitude ne me dérange pas. Au contraire.

Elle me permet d'affiner mes méthodes. Je manque de temps. J'ai tant de haine à déverser qu'il me faudrait deux vies entières pour y arriver. Mais haïr ne m'arrange pas tellement. Car, pour haïr, il faut aimer, même un tout petit peu. Or je n'aime personne, à commencer par moi-même. Comment résoudre ce dilemme? Comment haïr sans dépenser, sans donner? Là est vraiment la difficulté. Je serai parcimonieux: la haine distillée, goutte à goutte. Ça fera plus mal. Les parents, je les épargnerai. Pas de haine puisque je ne les aime pas. Je les laisserai assister dans la honte et le désespoir aux travaux de destruction entrepris par leur progéniture. Les autres, ceux qui ne m'ont rien fait, ceux qui passent et ne me voient pas, ceux qui s'arrêtent et me regardent pour s'étonner qu'une chose comme moi puisse exister, ceux qui sont bien dans leur corps, qui ont des visages aux traits réguliers, tous ces gens seront mes victimes. Mais attention! Je ne dépenserai rien pour eux. Je me préserverai absolument.

Mais comment faire mal sans donner un peu de soi? Donner? Je ne donne rien. Je laisse les choses s'échapper de mon corps, tout ce qu'il peut souiller, empester, tout ce qui sort naturellement. Là je puiserai ce qu'il faut pour faire mal. La salive, l'urine, la merde. Ça ne coûte rien. Avec tout ça, j'empêcherai quelques-uns de vivre. Je m'introduirai dans leur vie en leur faisant croire à quelque bonne intention.

Le propre de ma démarche: prêter d'abord, reprendre ensuite. Je récupère dès que c'est possible. Je ne donne jamais. Je m'incruste, je m'impose s'il le faut, et je rends leur respiration difficile. Ma tactique est simple:

entrer en douceur, provoquer le malaise, culpabiliser, revenir en arrière, montrer un peu de douceur, repartir à la charge… ainsi de suite jusqu'à la folie et si possible la mort. Je me sens plus fort lorsque je suis en face de quelqu'un qui ne m'a rien fait. J'accomplis ma tâche et je fais payer. Je me bats. Il m'arrive (rarement) de me dévisager dans le miroir. Je ne suis heureux que lorsque mes yeux sont jaunes de haine.

Ma laideur n'est la faute de personne. C'est la faute de tout le monde. Et toute ma vie sera consacrée à faire payer à tout le monde cette infirmité. Les handicapés ont droit à des égards. On les accepte dans certaines professions. Ils roulent dans de petites voitures. Ils ont leurs couloirs. On s'occupe d'eux. Moi, j'ai pensé un jour réclamer la carte de handicapé. Pas possible. Physiquement, je me porte bien. Pas de jambe qui traîne, pas de bras tordu, pas de langue qui pend. Non. Tout est normal. C'est l'enveloppe qui n'est pas normale. La finition, comme dirait un mauvais plaisan. Jamais malade. Je suis tranquille de ce côté. Je peux l'affirmer aujourd'hui : les médecins n'ont qu'à fermer boutique. Je ne serai jamais malade. Je ne leur donnerai jamais un centime. Je suis plus fort que la maladie. Je rigole quand je vois tous les gens qu'une simple grippe terrasse. Moi, ça ne risque pas. La grippe me craint.

A l'école coranique, tous les gosses attrapent des poux. Je n'y ai pas échappé. Mais je n'ai pas eu le temps de m'en rendre compte. Sitôt débarqués dans mes cheveux gras, sitôt nourris de mon sang, ils crèvent, empoisonnés. Ma tête a été ainsi mise à prix par toute une tribu de poux. Ils ont vite compris et

186

sont allés se nicher dans des cheveux moins sales.
Les virus le savent. Ils se sont donné le mot : ne pas
m'approcher. Je suis pour eux un cimetière. Dès
qu'un virus pénètre en moi – par erreur –, il crève. Il
ne trouve rien où s'accrocher, où s'épanouir. Il se
dessèche et crève dans une solitude misérable. Je fais
peur à toutes les maladies, même au cancer. Pas de
pitié. Je ne dépense rien pour maintenir cette énergie
aussi vive. En fait, je ne suis qu'énergie. Rien d'autre.
Ma laideur physique est absence d'âme. C'est ce qu'un
pauvre charlatan a dit à mon père après la prière
du vendredi. Absence ou oubli ? Le néant ? Pourquoi
faire l'effort d'aimer les autres, qui, de toute façon, ne
m'aimeront jamais ?

Si, une fois, un garçon, ni beau ni moche, a vu en
moi une femme et a voulu m'épouser. J'avais quinze
ans. Il était sincère. Le pauvre. Il ne savait pas où il
mettait ses sentiments. Ou alors il savait parfaitement
ce qu'il faisait. Muni du Coran, il avait l'intention de
me sauver ! Quand j'ai compris cela, je lui ai dit que
j'étais bien comme j'étais, que je ne sentais aucune-
ment le besoin d'être sauvée, ni aidée ; que j'arriverai à
bout de tout et de tous et qu'on pouvait échanger de
temps en temps quelques informations. Il m'a souri.
C'était la première fois qu'un homme me souriait,
et il n'y avait aucune malice dans ce sourire. Un geste
gratuit. J'ai souri moi aussi et j'ai vu son visage s'as-
sombrir. Mes dents toutes de travers avaient arrêté net
son sourire. Une larme a failli couler. Je l'ai arrêtée en
me mordant la lèvre. Plutôt le sang que les larmes !

On dit que la nature – c'est bien commode – a été
avare avec moi. Avare, c'est peu dire. Méchante ?

même pas. Elle ne m'a pas fait. J'ai dû sortir d'une poubelle. Je n'ai aucune honte à le dire. J'ai voulu faire de la vie une immense fosse commune où on jetterait les êtres et les immondices. Y arriverai-je? Le Coran me prédit l'enfer éternel. Alors, autant s'y préparer et briser tous les miroirs. Nous n'aurons plus d'image de nous-mêmes. J'y veillerai. Je ne faucherai pas les vieillards. Ils crèveront lentement. Les autres, les bien-portants, je saurai les contaminer, sinon je m'emploierai à les défigurer et nous vivrons paisibles dans la même et éternelle laideur, physique et morale.

Je suis immortel. Ce n'est pas moi qui l'affirme. Ce sont des siècles en moi retenus. Et mon ouvrage est sous vos yeux. Enfin, un dernier mot, si j'avais une âme, je n'aurais jamais été laid et avare avec la vie!

20

Le vieil homme et l'amour

Le vieil homme se leva péniblement et essaya de fermer la fenêtre avec le bout de sa canne. Le bruit des travaux dans cette partie du quartier des Ramblas était assourdissant. Il aurait bien aimé trouver une chambre d'hôtel dans l'avenue Gracia ou Diagonale, mais sa situation financière simplement désastreuse l'avait condamné à s'installer dans une vieille pension qui servait en même temps, à certaines heures de la journée, d'hôtel de passe.

Drapé dans sa robe de chambre un peu sale, un peu élimée, don Rodrigue subit la douleur causée par une série de malheurs. Lui, l'aristocrate, l'homme de culture, fin et délicat, l'homme à la grande sensibilité, l'homme amoureux de la vie et de l'amour, le diplomate qui a fait le tour du monde, l'homme de la fête, généreux et esthète, se trouve aujourd'hui réduit à cette déchéance, physique et morale, condamné à survivre dans la saleté et la honte, se bouchant les oreilles avec du coton et essayant de relire *Don Quichotte* comme pour conjurer le sort, comme pour rire en silence de sa condition d'homme floué par le destin, humilié par les siens et oublié de tous.

Il se regarde dans un miroir éteint et ne se reconnaît pas. Il sourit et se dit que la marche le long du fleuve va bientôt s'achever. Il voudrait juste savoir jusqu'à quel niveau la vie va le rabaisser et s'acharner sur lui. Il a le net sentiment qu'il a été puni, pas seulement par les hommes mais aussi par Dieu. Lui qui se moquait de la religion et applaudissait toutes les provocations anticléricales des surréalistes espagnols, lui qui proclamait son athéisme assez fort en pleine période du franquisme, se trouve à présent en train d'espérer quelque chose, un signe du ciel, un geste d'amitié, une carte postale d'un de ses anciens amants, peut-être l'image de sa mère en songe, une mère qui lui parlerait enfin et qui lui dirait son amour même avec des mots maladroits, une petite lueur du côté de Dieu, des prophètes ou des saints.

Puni et maltraité, incompris et humilié, don Rodrigue a cessé de se poser des questions et surtout a renoncé à trouver un sens aux choses. Il ne nourrit plus d'illusion sur le genre humain. Il sait que l'humanité est antipathique et qu'il ne faut rien en attendre. Seul l'amour, le vrai, le grand, lui faisait oublier sa profonde misanthropie. Il aimait la beauté. Sa vie durant, il s'était souvent damné pour vivre avec la beauté d'un corps même si parfois l'être aimé n'avait pas toujours une aussi belle âme. Que de fois sa carrière diplomatique avait failli être interrompue à cause de ses excès amoureux et surtout de son manque de discrétion. Il s'affichait avec des jeunes gens turbulents et provocateurs. Il voulait rester jeune, ne pas s'offusquer de leurs moqueries ou de leurs mauvaises plaisanteries.

Il les suivait dans leurs sorties nocturnes et acceptait d'être un petit peu ridicule. Il disait : « Quand on aime on n'est jamais ridicule. »

Il aimait les jeunes hommes et ne s'en cachait pas. Il ne le proclamait pas publiquement mais ne démentait jamais les rumeurs sur sa vie privée, sur sa générosité et ses dépenses exagérées. Il le pouvait, car sa fortune était grande et il ne comptait pas sur son salaire de consul pour s'offrir des festivités et des voyages à travers le monde. Quand il était amoureux, non seulement il ne comptait pas, mais il s'arrangeait pour financer des affaires que ses amants entreprenaient et rataient la plupart du temps. Dépensier, bon vivant, il aimait acheter des peintures et les offrir à ses amis.

C'est lors d'une vente qu'il rencontra Jamil, vingt-deux ans, svelte, cheveux frisés, l'air malicieux et grand séducteur. Ce jeune homme venait de faire ses premières expériences dans les relations avec des hommes. Il était encore timide mais déjà entreprenant. Don Rodrigue eut soudain le sentiment très vif qu'il allait vivre une histoire d'amour terrible où rôderait la mort. C'était dans son esprit une certitude. Il était troublé et pensait qu'il avait de la fièvre. Quand il s'approcha de Jamil, les dés étaient jetés, les choses faites, il ne lui restait plus qu'à vivre ce qui allait arriver. Ils n'échangèrent même pas de mots. Ils marchèrent côte à côte comme s'ils se connaissaient depuis toujours. Don Rodrigue avait un peu peur, mais c'était une peur qui stimulait une grande attente, quelque chose d'indéfinissable. C'était cela la naissance de la passion.

Les deux amants voyagèrent, s'aimèrent avec fougue, perdirent la tête chacun à son tour, firent beaucoup de projets, puis s'établirent dans une petite maison à Asilah, face à l'Atlantique. Don Rodrigue prit sa retraite et se consacra entièrement au bonheur de Jamil et de sa famille, qui ne se posait pas trop de questions pour savoir d'où venait tout cet argent et ce que faisait leur fils avec ce vieil homme. Les dépenses ne cessaient d'augmenter. Don Rodrigue payait sans jamais faire de commentaire. Jamil le trahissait de temps en temps avec des filles. Don Rodrigue le savait mais ne disait rien. Jamil le surnomma « le Prophète ». Ils en riaient souvent. Après tout, le vieux diplomate espagnol était heureux d'aimer ce jeune homme un peu voyou, un peu rebelle. Lorsqu'il s'absentait pour des affaires de famille à Barcelone, son amant faisait venir des filles à la maison et organisait des orgies. Il aimait boire et fumer du kif. Don Rodrigue n'aimait pas ces habitudes et évitait de lui faire des reproches, craignant ses colères.

Un jour, en revenant d'Espagne, don Rodrigue tomba malade. Les médecins ne savaient pas ce qu'il avait. Ils lui recommandèrent de prendre du repos. En fait, il venait de participer à une réunion de famille où on lui réclamait des comptes. Accusé de gaspiller la fortune familiale, il fut mis à l'index et humilié par ses frères et sœurs. Il décida de rompre définitivement avec eux. Son homosexualité était au centre du procès. Il entendit des propos racistes. Pour eux, Jamil n'était qu'un Moro, un « bicot » qui l'exploitait. Leur haine des Arabes n'avait d'équivalent que leur répugnance à l'égard des homosexuels. Rien ne lui fut épargné. Ni les insinuations de perversité, ni les insultes directes et le déshonneur. Il eut mal et les quitta en leur disant qu'il ne leur en voulait pas. Sur le chemin du retour, il s'arrêta chez son notaire et étudia avec lui la procédure qui permettrait à Jamil de ne pas souffrir de cette opposition au cas où il décéderait. Il fallait tout donner officiellement, de son vivant, à Jamil. C'était le seul moyen d'empêcher la famille de Don Rodrigue d'hériter des biens de celui-ci après sa mort.

Jamil apprit à sa mère que le « Prophète » venait de lui céder la maison d'Asilah, deux appartements en Espagne, deux voitures, des actions en bourse et toute sa garde-robe. Il eut le vertige. Toutes ces choses acquises si brutalement ! Cela le rendit nerveux. La mère trouva cette générosité suspecte mais ne la rejeta pas. Elle demanda à voir les titres de propriété. Elle les enveloppa dans un drap et les cacha sous le carrelage de la salle de bains. Elle invita de plus en plus souvent « le Prophète » à manger chez elle. Elle le remerciait à chaque fois pour son geste. Et lui, avec le même sourire, répondait : « Après ma mort, il vaut mieux que ce soit cette famille qui profite de mes biens que la mienne, qui m'a toujours détesté et n'a aucune sympathie pour les Arabes. Elle est punie. Mais elle ne le sait pas encore ! Je suis heureux de vous rendre service et de rendre heureux Jamil, qui est un être formidable !... »

Il ne connaissait pas bien la famille de Jamil. Des gens modestes avec beaucoup d'enfants. La mère dirigeait avec fermeté la maison depuis la mort subite de son époux. Elle travaillait dans un restaurant et avait la réputation d'être une bonne voyante. Elle donnait des consultations à des gens qui venaient de Tanger ou même de Nador. Pour elle, don Rodrigue était un vieux monsieur malade mais riche. Elle n'avait jamais exprimé de sentiment à son égard. Se doutait-elle de la nature de la relation qu'entretenait son fils avec cet étranger ? Elle était pauvre et ne s'encombrait pas de questions de ce genre. Il était d'autant mieux le bienvenu que la vie était devenue confortable depuis l'arrivée de don Rodrigue. Un jour, elle lui proposa de lui lire les lignes de la main. Elle remarqua que la ligne de vie était longue et celle de la chance barrée au milieu. Quant à la santé, elle était bonne. Pourtant, elle dit qu'elle voyait quelque chose de noir, un deuil ou un accident. Elle lui demanda comment était son cœur. « En parfait état ! » lui répondit-il. Puis ils rirent tous les deux. En partant, la femme eut un malaise. Elle faillit s'évanouir. Elle dit entre les lèvres qu'un malheur allait arriver, puis récita des prières tout en chassant de sa main ouverte une chose imaginaire.

Le malheur survint l'été suivant. Jamil avait trop bu et trop fumé et s'engouffra dans la mer, qui était particulièrement mauvaise ce jour-là. Il fut emporté par les flots et ne revint plus. Trois jours après, la mer rejeta son cadavre sur la plage. Le chagrin de Don Rodrigue était immense. Comme un enfant, il pleura des jours et des nuits. La mère de Jamil le rendit responsable de cette mort et lui intima l'ordre de quitter la maison dans les vingt-quatre heures. Elle lui fit remarquer au passage qu'il avait tout perdu et qu'il n'avait qu'à s'adresser au ciel ou au diable. Toute la rage de cette mère endeuillée s'abattit sur le pauvre homme, dépossédé de son vivant et par sa propre volonté. Il erra plusieurs jours comme un naufragé dans les ruelles d'Asilah. Les enfants l'appelaient « le chrétien au cul large », certains lui lancèrent des peaux d'orange, d'autres vinrent lui offrir du pain et des olives.

Le destin fut particulièrement cruel avec cet amoureux de la vie. Seul, défiguré par la douleur, il demanda un délai pour ramasser ses affaires. La mère lui apprit qu'il n'avait plus d'affaires. Il n'essaya pas de la contrarier. Il prit sa trousse de toilette, son pyjama, sa vieille robe de chambre, et quitta le pays. Arrivé à Barcelone, il n'était pas question pour lui d'aller trouver ses frères et sœurs. Il téléphona à quelques amis et n'osa pas leur demander de l'aide. Il avait honte. Le notaire le dépanna et lui assura qu'il avait droit à sa retraite de diplomate. Il vit avec cet argent. Il vit mal. Il n'a plus goût à rien. C'est un homme brisé et qui attend sur un lit creux que la mort vienne le cueillir.

21

Le polygame

Ma première femme, c'est ma mère qui me l'a donnée. J'étais encore enfant quand j'ai épousé la fille de ma mère. Je trouvais sa beauté naturelle, évidente, mais difficile à cerner. J'ai mis du temps pour découvrir que je n'étais pas son seul amant.

Ma seconde femme, je l'ai trouvée tout seul, ou presque. Elle m'était offerte, mais il fallait la séduire, jouer et intriguer avec elle pour la mériter et la garder. Je m'y employai assez énergiquement.

Arrivé à la quarantaine, je fais bon ménage avec l'une et l'autre. Mes deux femmes ne se comprennent pas. Il y a un problème de communication. Elles sont obligées de passer par moi pour se parler ou même se disputer.

J'ai une préférence pour la seconde, parce qu'elle est étrangère à la tribu, et on m'a appris à être courtois et hospitalier avec les étrangers, particulièrement avec les étrangères. Ma courtoisie n'est qu'une apparence. En fait, je suis violent. J'aime faire plier cette étrangère. Mais je dois avouer que, souvent, c'est elle qui prend le dessus. Elle me domine et je me laisse faire.

Je sais : toute résistance est inutile. La preuve : c'est elle qui parle pour moi et dit les mots et la terre natale.

Il arrive que l'autre s'insurge ; elle prend le pouvoir à mon insu et s'insinue dans les plis intimes de l'autre visage.

Si elles ne communiquent pas, elles se regardent et se tendent des embuscades. J'aime quand ça bouge, quand il y a échange de flèches, de phrases et d'images. L'une verse dans l'autre et toutes les deux me narguent. Elles se liguent contre moi. Je me trouve en fin de compte sans recours, isolé, dépossédé et abattu. A ce moment-là, je consulte le dictionnaire. C'est un ami ; il est un peu rigide. Il n'a pas beaucoup d'humour. Il me renseigne mais ne m'aide pas dans mes conflits conjugaux. Il est pour l'ordre et la morale. Il est juste et sans équivoque, froid et intransigeant. Il me déprime et me décourage. Je suis amoral. Cela ne pardonne pas, surtout dans un dictionnaire.

Alors j'opte pour le silence. J'observe de ma fenêtre le silence. Je le regarde passer dans la rue. Je le rejoins ; il m'enveloppe et j'écoute. Il est souvent trompeur. Il pose des problèmes qu'il faut deviner. Je crie.

Je crie pour précipiter les événements. A ce moment-là, mes deux femmes, affolées, interviennent et chacune se propose de me calmer, de me donner ce qui me manque, la tendresse et l'amour, l'orgasme et le soleil.

Sitôt rassasié, elles m'abandonnent pour aller se donner à d'autres.

C'est pour cela que j'ai décidé un jour d'avoir une écriture propre qui, bonne ou mauvaise, belle ou laide, simple ou compliquée, serait mienne, me ressemblerait et comblerait mon intimité la plus secrète.

Entre-temps, j'ai été tenté par une troisième histoire d'amour. Je suis tombé sur quelqu'un d'étrange et d'ambigu ; je suis tombé dans l'illusion et l'erreur. C'était la nuit ; je n'ai pas bien vu son visage. C'était une apparition, un fantôme, une espèce de travesti qui me dit : « Va, va rejoindre tes petites femmes ! Les satisfais-tu, au moins ?... »

Depuis, ma fidélité est exemplaire : je vais de l'une à l'autre et je sais que je donne plus à la seconde parce qu'elle est étrangère, et les étrangères, j'ai appris à les aimer.

Ces amours me rendent riche. Je ne paye pas d'impôt. Lorsque le contrôleur du fisc vient voir ce qui se passe, il ne comprend pas grand-chose, se perd dans cette maison à plusieurs étages et plusieurs portes, et s'en va en me jurant que la prochaine fois il réussira à me coincer.

Amoureux, polygame et fidèle ! cela l'énerve.

Il m'arrive de quitter la grande maison. Je profite du sommeil de la première pour emmener l'étrangère se promener dans les ruelles de la médina. Elle ne porte ni djellaba ni voile sur le visage. Elle marche en me donnant le bras ; elle est nue. Pas parce qu'elle est impudique ou mal élevée, mais parce qu'elle est tellement attirée par les tissus de ma vieille mémoire, les couleurs folles de mes racines, qu'elle s'en couvre au fur et à mesure que nous avançons dans le labyrinthe de la médina et de l'enfance arabe.

Ma première épouse ne se laisse pas facilement dépouiller de ses robes. Elle est fière et muette dans son orgueil. Lorsque j'essaie de l'emmener à un dîner dansant ou à une surprise-partie, elle se cabre et refuse de me suivre. Elle me rappelle, non sans violence, ses origines, nobles et sacrées, inscrites dans le Livre saint, le Coran.

Là, il faut être sérieux! Difficile de rigoler! Le Coran, c'est un miracle, inimitable et intouchable. Il m'intimide. Il m'écrase par la beauté inaccessible de sa poésie.

Alors je retourne chez l'autre; et je me défoule. Elle m'accueille les bras ouverts, me donne ses lèvres, me couvre de sa chevelure et nous faisons l'amour dans la lumière, accompagnés par la musique de Vivaldi ou de Bach.

Elle m'aime. Elle m'aide à vivre. Nous avons des conflits. Mais «il n'y a que la mort qui soit si plate»!

Premières publications

« Le premier amour est toujours le dernier », in *Premier Amour*, Editions Persona, Paris, 1985.

« Les filles de Tétouan », 1re publication in *Les Lettres nouvelles*, juin-juillet 1973.

« Des robes mal fermées » (1re publication in *Le Monde*, 25-28 juillet 1976) et « Le compatriote » (1re publication in *Le Monde*, 17-18 avril 1977), in *Les amandiers sont morts de leurs blessures*, suivi de *A l'insu du souvenir*, © Librairie La Découverte/Maspero, 1983.

« La Méditerranée du cœur », in *Le Monde*, 20 juillet 1980.

« L'autre », L'Atelier imaginaire et L'Age d'Homme, 1987.

« La vie est pudique comme un crime », in *Etat des lieux*, Presses de la Renaissance, 1982.

« Aïda-Petra », in *Le Dit des pierres*, Actes Sud, 1993.

« L'amour à Paris », in *Courrier de l'Unesco*, avril 1993.

« D'une belle plainte la douleur », in *Le Nouvel Observateur*, novembre 1994.

« La haine », in *Le Matin*, 30 décembre 1985.

« Le polygame », in *Le Livre franc*, Actes Sud, 1983.

Harrouda

roman
Denoël, « Les lettres nouvelles », 1973
« Relire », 1977
et « Médianes », 1982

La Réclusion solitaire

roman
Denoël, « Les lettres nouvelles », 1976
Seuil, « Points », n° P161

Les amandiers sont morts de leurs blessures

poèmes
Maspero, « Voix », 1976
prix de l'Amitié franco-arabe, 1976
et Seuil, « Points », n° P543

La Mémoire future

Anthologie de la nouvelle poésie du Maroc
Maspero, « Voix », 1976 (épuisé)

La Plus Haute des solitudes

essai
Seuil, « Combats », 1977
et « Points » n° P377

Moha le fou, Moha le sage

roman
Seuil, 1978,
prix des Bibliothécaires de France
et de Radio Monte-Carlo, 1979
et « Points », n° P358

À l'insu du souvenir

poèmes
Maspero, « Voix », 1980

La Prière de l'absent
roman
Seuil, 1981
et « Points », n° P376

L'Écrivain public
récit
Seuil, 1983
et « Points », n° P428

Hospitalité française
Seuil, « L'histoire immédiate », 1984 et 1997 (nouvelle édition)
et « Points Actuels », n° A65

La Fiancée de l'eau
théâtre, suivi de
Entretiens avec M. Saïd Hammadi, ouvrier algérien
Actes Sud, 1984

L'Enfant de sable
roman
Seuil, 1985
et « Points », n° P7

La Nuit sacrée
roman
Seuil, 1987
prix Goncourt
et « Points », n° P113

Jour de silence à Tanger
récit
Seuil, 1990
et « Points », n° P160

Les Yeux baissés
roman
Seuil, 1991
et « Points », n° P359

Alberto Giacometti
Flohic, 1991

La Remontée des cendres
suivi de
Non identifiés
poèmes
Édition bilingue,
version arabe de Kadhim Jihad
Seuil, 1991
et « Points », n° P544

L'Ange aveugle
nouvelles
Seuil, 1992
et « Points », n° P64

L'Homme rompu
roman
Seuil, 1994
et « Points » n° P116

Éloge de l'Amitié
Arléa, 1994
et rééd. sous le titre Éloge de l'Amitié, ombres de la trahison
Seuil, « Points », n° P1079

Poésie complète
Seuil, 1995

Les Raisins de la galère
roman
Fayard, « Libres », 1996

La Nuit de l'erreur
roman
Seuil, 1997
et « Points » n° P541

Le Racisme expliqué à ma fille
document
Seuil, 1998
et nouvelle édition, suivie de La Montée des haines, 2004

L'Auberge des pauvres

roman
Seuil, 1999
et « Points », n° P746

Labyrinthe des sentiments

roman
Stock, 1999
Seuil, « Points », n° P822

Cette aveuglante absence de lumière

roman
Seuil, 2001
et « Points », n° P967

L'Islam expliqué aux enfants

Seuil, 2002
et rééd. augmentée de « La Montée des haines », 2004

Amours sorcières

nouvelles
Seuil, 2003
et « Points », n° P1173

Le Dernier Ami

Seuil, 2004
et « Points », n° P1310

La Belle au bois dormant

(illustrations de Anne Buguet)
Seuil Jeunesse, 2004

Maroc : les montagnes du silence

(avec Philippe Lafond)
Chêne, 2004

Delacroix au Maroc

Ricci, 2005

RÉALISATION : PAO ÉDITIONS DU SEUIL
IMPRESSION : NORMANDIE ROTO IMPRESSION S.A.S. À LONRAI
DÉPÔT LÉGAL : SEPTEMBRE 1996. N° 30030-8 (060004)
IMPRIMÉ EN FRANCE